一海知義

漢詩逍遥

藤原書店

はしがき

わが国には、戦前から戦後の昭和二十五年（一九五〇年）まで、全国に八つの高等学校があった。今では旧制高校といわれているが、記憶を新たにするため、それらナンバースクールと呼ばれた八つの高校の所在地をしるすと、

第一　東京　　第二　仙台　　第三　京都　　第四　金沢
第五　熊本　　第六　岡山　　第七　名古屋　第八　鹿児島

それぞれの高校には、記念祭の時などにうたわれる「寮歌」と呼ばれる歌があった。「寮歌」のあるものは、当時の高校生だけでなく、世間一般の人々にも愛唱された。第一高等学校の「嗚《あ》呼《あ》玉杯に花うけて」、第三高等学校の「紅《くれない》燃ゆる丘《おか》の花」などがそれである。

戦後のある時期、私は京都の第三高等学校の生徒だった。未成年であるにもかかわらず、夜になると大酒を食らい、ボロボロの学帽、黒いマント、朴歯《ほおば》の高下駄をはいて、友人たちと肩を組み、「寮歌」を放歌高吟しながら京の街を練り歩いた。

三高の寮歌「紅燃ゆる」は、「逍遥《しょうよう》の歌」とも呼ばれていた。

「逍遥」とは、その発音 syou-you（中国音は xiāo-yáo）が示すように、二文字の語尾を同じくするオノマトペ（擬音語、擬態語）であり、「行きつ戻りつ」「ぶらぶら歩き」「散歩」の意である。

ところで、本書の内容は多岐にわたるが、中国古典詩、いわゆる「漢詩」の世界を「逍遥」するものがすくなくない。そこで書名を『漢詩逍遥』とした。

全体を六章に分け、それぞれにタイトルをつけて、各章の主たるテーマを示す。

I　漢詩逍遥

書名と同じタイトルの本章では、古代から現代に至る中国と日本の漢詩、その多様な世界を、文字通り「逍遥」する。

II　河上肇を語る

河上肇は、経済学者であるとともに、漢詩人でもあった。本章では、漢詩人河上肇の作品にふれるだけでなく、彼にまつわるさまざまなエピソードを紹介する。

III　陸游を読む

陸游は、中国宋代を代表する詩人である。私たちは十余年来「陸游の詩を読む会」をつづけ、何冊かの本を刊行してきた。本章では、「読游会」と称するその会の活動内容を紹介しつつ、詩人陸游について語る。

Ⅳ　漢字・漢語

漢詩とともに、その骨格をなす漢字・漢語に、以前から私は関心を持ち、これまで折りにふれ、その諸側面について語って来た。本章では、過去と現在の具体的な諸例を挙げつつ、漢字で書かれた文字と言語について、いささかの議論を展開する。

Ⅴ　帰林閑話

「帰林閑話」は、私の停年退職後、藤原書店の月刊誌『機』に連載し始めた随筆である。連載は今年で十三年目になり、百四十回を越えた。それらは、これまで刊行して来た随筆集に随時収録して来たが、今回もその第九十六回から百二十二回までを収載する。

Ⅵ　雑纂

以上五つの章に収まらぬミセラニアスな短文を、ここに集めた。話題は、知人、友人のこと、そして戦死した実兄の思い出や、過去の研究の回顧などにわたる。

本書は私の第六随筆集だが、前回同様、藤原書店店主藤原良雄君の高配と、編集人刈屋琢君の援助を得、またフリーの校正者大西寿男君の助力を得た。記して深謝の意を表する。

丙戌五月

一海知義

漢詩逍遥

目次

III

陸游を読む　189

IV 漢字・漢語 219

V 帰林閑話 253

漢詩逍遥

I 漢詩逍遥

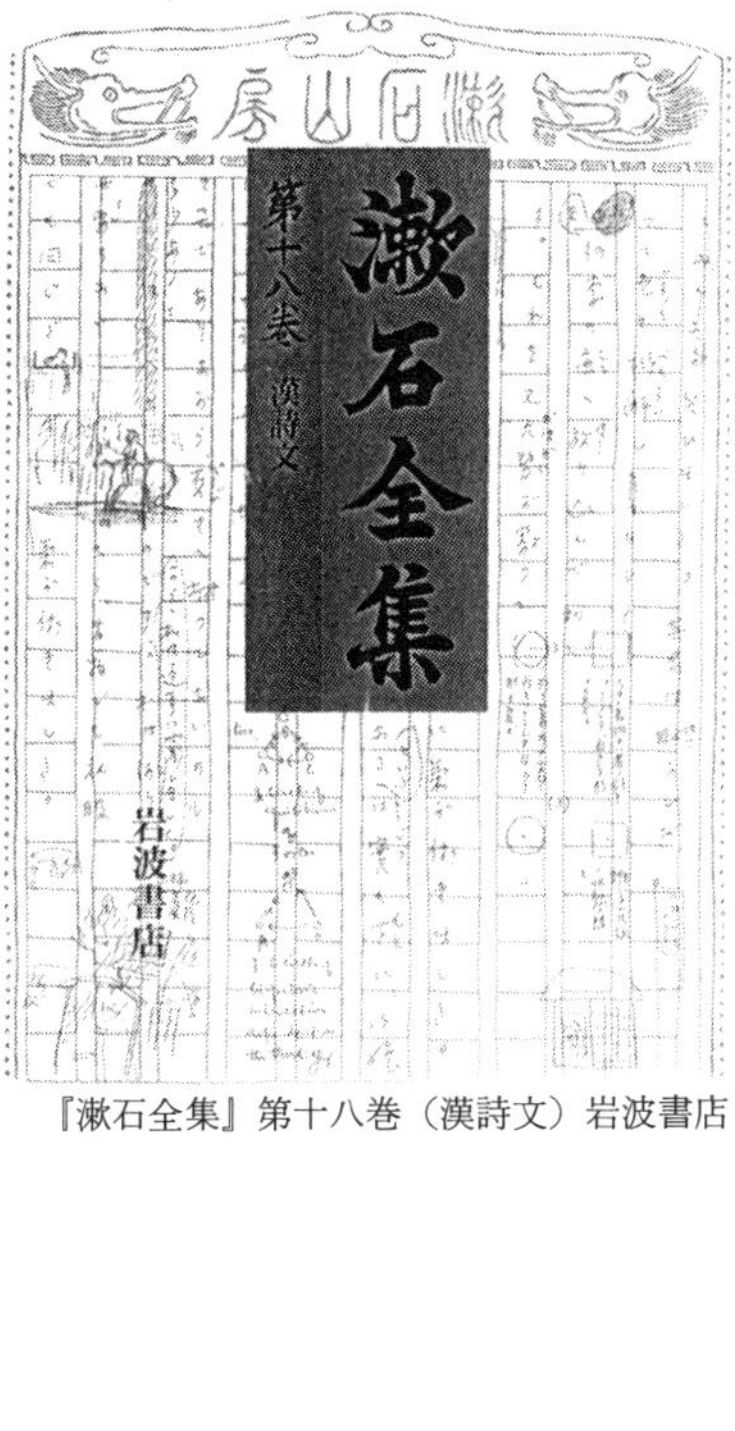

『漱石全集』第十八巻（漢詩文）岩波書店

四季の詩――漢詩四方山話

元宵節――一月の詩

一月といえば元旦だが、元旦の詩はあまりに多すぎるので、一月十五日、「上元」の日の、ちょっと風変わりな詩を紹介する。

七律
元宵
留美學生　朱海洪
東風拂面催桃李
鵾鷹舒翅展鵬程
玉盤照海下熱淚
游子登臺思故城
休負平生報國志
人民育我勝萬金
憤起急追振華夏
且待神州遍地春

中国では、上元の夜を「元宵」といい、街中に提灯をともして、祭の夜を楽しむ。

ところで今から十年余り前、一九九一年三月二十日、中国の在外華僑向け新聞『人民日報』海外版に、「元宵」と題する一篇の詩が、上のような横書きの形で登載された。読者の投稿である。

「七律」は、「七言律詩」。「留美学生」の「美」は「美国」、すなわちアメリカ留学生。この詩、読み下せば次のようになるだろう。

東風　面《おもて》を払いて　桃李を催《うなが》し
鷂鷹《ようよう》　翅《つばさ》を舒《の》べて　鵬程《ほうてい》を展ず
玉盤　海を照らせば、熱涙下《くだ》り
游子　台に登れば　故城を思う
負《そむ》く休《な》かれ　平生報国の志
人民　我を育《はぐく》むこと　万金に勝《まさ》る
憤起急追して　華夏を振《ふる》わさんも
且《しばら》くは待たん　神州　地に遍《あまね》きの春

「東風」は、春風。「鷂鷹」は、とんび。「鵬程」は、おおとりの道程。「展」は、展望する。「玉盤」は、満月。「游子」は、旅人＝作者。「故城」は、故郷の町。「華夏」、「神州」は、ともに中国をさす。

留学生の望郷の思いと報国の志をうたった詩のようだが、一読、何だかヘンだなと思う。その理由。一、題の「元宵節」のことが全く出て来ない。二、「七律」と明示しながら、脚韻、対句、平仄《ひょうそく》、すべてデタラメ。三、報国の決意を述べながら、末尾に到ってなぜノンキに「春を待つ」のか。読者に何か気づかせようとしているのではないか。

そこでふと気づいて、原詩の第一句七字目の「李」から、左斜下に一字ずつ拾ってゆき、これを第八句につなげると、次のような二句が浮かび上がって来る。

李鵬下台平民憤　且待神州遍地春

「李鵬」は二年前、一九八九年六月四日の天安門事件の時、あの民主化運動への武力弾圧を指揮したといわれる李鵬首相である。「下台」は、権力の座から降りること。――李鵬が首相をやめれば、民衆の怒りをやわらげることができるだろう。しかしまず暫くの間は、中国の大地に春が来るのを待つとするか。

花鳥風月をうたうのも漢詩の伝統だが、社会批判、政治風刺をこうした形でつきつけるのも、中国古典詩三千年の伝統の一つであった。

杜牧と杜甫――二月の詩

漢詩に見える二月は、すべて旧暦である。旧暦では、一月、二月、三月が春だから、二月は春の半ば、春の盛り。

中国晩唐の詩人杜牧《とぼく》（八〇三―八五三）に、「山行」（山歩き）と題する七言絶句がある。

遠上寒山石径斜　遠く寒山に上《のぼ》れば　石径斜《せっけいなな》めなり
白雲生処有人家　白雲生ずる処　人家有り
停車坐愛楓林晩　車を停《とど》めて坐《そぞろ》に愛す　楓林の晩《くれ》

霜葉紅於二月花　霜葉《そうよう》は二月の花よりも紅《くれない》なり

美しい。
「二月の花」は、春の盛りの花である。霜に打たれて色づいた紅葉《もみじ》は、春の盛りの花よりも紅《あか》く、

詩人杜牧は、なかなかの艶福家だった。中年に近づいてから十代の少女を愛し、十数年後に再会したとき、彼女はすでに結婚していたが、その容色は春の盛りの乙女よりも美しかった。「霜葉は二月の花よりも紅なり」。

こんなエピソードが、この詩の裏にかくされているという説がある。

杜牧より九十年ほど先輩の杜甫《とほ》（七一二―七七〇）に、「江《かわ》べの皐《おか》は已《すで》に仲春（二月）なり」という句ではじまる詩がある。題して「漫成《まんせい》」、ふとできあがった詩。二首のうちの一首。

江皐已仲春　江皐《こうこう》は已に仲春にして
花下復清晨　花下《かか》は復た清晨《せいしん》なり
仰面貪看鳥　仰面《ぎょうめん》　鳥を看るを貪《むさぼ》り
回頭錯応人　回頭《かいとう》　錯《あやま》って人に応ず
読書難字過　書を読むに難字は過ごし
対酒満壺頻　酒に対して満壺頻《しき》りなり
近識峨嵋老　近ごろ峨嵋《がび》の老を識《し》りしが
知余懶是真　余が懶《らん》は是れ真なるを知る

花盛りの川辺の朝、空を仰いで飛ぶ鳥を夢中で眺めていたら、誰かに話しかけられたように思って、ふり向いた。

このごろは本を読んでも、むつかしい字は飛ばして読み、徳利に酒をあふれさせては楽しんでいる。

近ごろ峨嵋山に住むという老隠者と知り合ったが、じいさんが言うには、お前さんのものぐさは、ほんものじゃの。

まじめな杜甫にしては、少しふざけた詩である。それも春のせいだろう。

中国の詩、特に杜甫の詩には、よく典故（古典の故事）のある言葉が使われる。この詩の場合も、第五句の「書を読むに難字は過ごし」というのは、陶淵明《とうえんめい》（三六五―四二七）の、これまたふざけた自叙伝「五柳先生伝」の一節、「書を読むことを好めども、甚だしくは解するを求めず」というのを、踏まえる。

ところで同じ杜甫に、「絶句漫興」と題する九首連作の作品がある。「漫興」はさきの「漫成」と同じく、ふと興に乗って作った詩。その第四首にいう。

二月已破三月来　　二月已《すで》に破れ　三月来たる
漸老逢春能幾回　　漸《ようや》く老いて春に逢う　能《よ》く幾回ぞ
莫思身外無窮事　　思う莫《な》かれ　身外無窮の事
且尽生前有限杯　　且《か》つは尽くせ　生前有限の杯

「破れて」は、「終って」。「漸く」は、「やっと」ではなく、「次第に」。「身外無窮の事」は、「身のまわりのさまざまな煩雑な事」。「且つは」は、「まずまず今のところは」。

私が日頃愛飲している地酒のラベルにも、こう書いてある。

眼前一杯ノ酒アラバ　誰カ身後ノ名ヲ論ゼンヤ

酒好きの思いは、昔も今も同じである。

春望——三月の詩

「国破れて山河在り、城春にして草木深し」という有名な句で始まる杜甫《とほ》の詩「春望」に、次のような二句がある。

烽火連三月　烽火《ほうか》　三月に連《つら》なり
家書抵万金　家書《かしょ》　万金に抵《あた》る

「烽火」は、戦争の危急を告げるのろしの火。「家書」は、家族からの手紙。

この年（唐・玄宗皇帝の至徳二年、西暦七五七年）、四十六歳の杜甫は安禄山《あんろくざん》の乱に巻きこまれて、みやこ長安に軟禁され、妻子は遠い北方の地に避難していた。

のろしの火はいつ止むともなくつづき、万金にも値《あたい》する家からの手紙は一向に届かぬ。

ところで、詩中の「三月」という言葉には、古来二つの解釈がある。

A　三か月間。
B　弥生三月《やよいさんがつ》。

Aをとれば、のろしの火は三か月もの間つづいている、となり、Bにすれば、のろしの火は三《さん》月《がつ》になってもまだ止まない、となる。

どちらが正しいのか。

その結論を出す前に、「月」という漢字について、少し考えてみよう。

「月」という文字は、ふつう二つの意味で使われる。空にある月（Moon）と、一年を十二分割した月（Month）である。

よく知られている和歌に、

月月に月みる月はおほけれど
　月みる月はこの月の月

とうたうが、ここには「月」という字が八回使われている。そのうちMoonは三回、Monthが五回である。この歌意、日本人には自明のことだが、欧米人には原歌のままではわかりにくいだろう。

英語の場合も、MoonとMonthはともにMoで始まり、二語の連関性を示してはいる。しかし中国（そして日本）では、古来月の満ち欠けで一か月を数えたので、空の月と一か月の月は、全く同じ文字を使う。

そして一月《いちがつ》、二月《にがつ》も、一か月《げつ》、二か月《げつ》の月も、日本語では「がつ」（慣用音）「げつ」（漢音）と読み方を変えてはいるものの、おなじ文字である。ここから「三月」が「さんがつ」なのか、「みつき」なのかという、まぎらわしさが生じてくる。

さて、もとに戻って、「春望」の詩の「三月」は、どちらなのか。

結論から先にいえば、「三か月《げつ》」よりも「三月《さんがつ》」の方が、正しいように思える。

理由は二つある。

その一つは、この二句が対句《ついく》で構成されていることと関係する。

烽火連三月
家書抵万金

「万金」といえば、この世の最高の金額である。したがってそれと対《つい》をなす「三月」も、「最高」の意味を含むはずである。戦争が「三か月《げつ》」つづくでは、表現として弱いのではないか。一年で「最高」の爛熟した美しい季節である「三月《さんがつ》」になっても、このむごい戦争は止まない。この一句はそう解釈した方がよいのではないか。

もう一つの理由。杜甫より少し先輩の詩人王勃《おうぼつ》（六四九―六七六）の詩「仲春（二月）の郊外」に、「物色は三月に連なり、風光は四隣を遶《めぐ》る」と同じ表現が見え、この「三月」は明らかに「仲春（二月）」につづく「三月《さんがつ》」であって、「三か月《げつ》」ではない。

以上が、「三か月」でなく「三月」と読む方がよい、と思われる理由である。

さいごに、「春望」の詩全体を掲げて、読者のご意見をうかがうことにしたい。

国破れて　山河在り
城春にして　草木深し
時に感じては　花も涙を濺《そそ》ぎ
別れを恨んでは　鳥も心を驚かす
烽火　三月に連なり
家書　万金に抵《あた》る
白頭　掻けば更に短く
渾《すべ》て簪《しん》に勝《た》えざらんと欲す

山の桃——四月の詩

唐の元和十二年（八一七年）四月九日、白楽天（時に四十六歳）は友人たちとともに、廬山《ろざん》山中の大林寺を訪れた。

詩人はその時の紀行文に次のように書いている。

「大林《だいりん》は遠きを窮《きわ》め、人跡の到ること罕《まれ》なり。寺を環《めぐ》りて清流蒼石《そうせき》、短松痩竹多し。……山高くして地深く、時節絶《た》えて晩《おそ》し。時に孟夏四月、正に二月の天の如し。……」（「大林寺に遊ぶの序」）

このとき楽天は、次のような七月絶句一首を作った。

人間四月芳菲尽　　人間《じんかん》　四月　芳菲《ほうひ》尽《つ》き
山寺桃花始盛開　　山寺の桃花　始めて盛んに開く
長恨春帰無覓処　　長《つね》に恨む　春帰《さ》りて覓《もと》むる処なきを
不知転入此中来　　知らず　転じて此の中《うち》に入り来たれるとは

「人間」は、日本語では「人」をさすが、中国語すなわち漢詩漢文では「世間」の意。したがって「にんげん」と読まず、「じんかん」と読みならわしている。

「四月」は、旧暦の四月。だから「孟夏（初夏）四月」という。「芳菲」は、かぐわしい花。

人間　四月　芳菲尽《つ》く

世間一般では、四月、あらゆる花はもう散りつくしている。

ところがこの山中の寺では、とつづくのが第二句。

山寺の桃花　始めて盛んに開く

さきの紀行文でも、「正に二月（陽暦の三月）の天（候）の如し」と書いたあと、「梨桃《りとう》始めて華《はな》さき、澗草《かんそう》（谷間の草）猶《な》お短し。人物風候、天地の聚落《しゅうらく》（村々）と同じからず」と言っている。

そして詩は後半に至って、日頃の疑問をナゾかけの形で持ち出し、それに対する回答の言葉で結ぶのである。

　春の帰《さ》りて覓《もと》むる処なきを長《つね》に恨みしに　知らず　転じて此の中《うち》に入り来たれるとは

なんだ、麓の村から姿を消した春は、こんな所に来ていたのか。

機智の詩というか、ジョークの詩である。

白楽天は、本来「情」の世界をうたう詩に、時に「理」すなわち論理、理屈を持ち込むことがある。それを、ナゾかけと回答、いわば自問自答の形でうたうのである。

たとえば「夜の雪」と題する次の詩も、その一例だろう。

　已訝衾枕冷　已《すで》に衾《ふすま》と枕の冷《ひ》えしを訝《いぶか》り
　復見窓戸明　復《ま》た窓と戸の明るきを見る
　夜深知雪重　夜深《よるふ》けて　雪の重きを知る
　時聞折竹声　時に竹を折るの声を聞けり

「已に～、復～」は、「～である上に、さらに～だ」。

ふとんと枕が冷えて来た、ヘンだなと思っていたら、真夜中だと言うのに窓と戸口がボーッと明るくなっている。

なぜだろう。そうか。夜ふけに雪が降り積もっていたのだ。雪の重さに耐えかねた竹の、時にボキッと折れる音がする。

こういう「設問と回答」式の詩は、唐の次の宋になると、にわかに増える。白楽天の詩は、そのさきがけだと言っていいだろう。

宋の詩人王安石（一〇二一―八六）は「梅花」と題する五言絶句で、次のようにうたう。

牆角数枝梅　　牆《へい》の角《すみ》の数枝の梅
凌寒独自開　　寒を凌《しの》いで、独り自ら開く
遥知不是雪　　遥かに知る　是れ雪ならずと
為有暗香来　　暗《ほの》かなる香りの来たる有るが為《ため》なり

あれ、枝に雪が積もっているのかなと思ったが、遠くからでも、そうでないとわかる。なぜか。かすかに梅の香がただよって来るからである。

白楽天の「大林寺」の詩は、『枕草子』（第一五四段）に引用されて、よく知られているが、わが国の和歌の世界でも、「設問と回答」式の同工異曲の作品が作られている。たとえば『古今和歌集』巻一春歌上に見える凡河内躬恒《おうしのこうちのみつね》の短歌、「月夜に、梅の花を折りてと人のいひければ、折るとてよめる」。

月夜にはそれとも見えず梅の花
　香をたづねてぞ知るべかりける

百日紅――五月の詩

五月は新暦では春の終りだが、後半になると、夏を思わせる暑い陽差しの日々がつづく。その頃、さるすべりの花が咲き始める。そして、夏の間中紅い花を咲かせるので、百日紅ともいう。

ところで「さるすべり」も「百日紅」も、実は中国産の言葉である。唐の段成式《だんせいしき》の『酉陽雑俎続集《ゆうようざっそ》』という書物に、次のような一節がある。

「紫薇《しび》は、北人呼んで猴郎達樹《こうろうたつじゅ》となす。其の皮なくして、捷《はし》る能《あた》わざるを謂《い》うなり」。

「紫薇」というのは、「さるすべり」の雅名である。「猴郎」は、猿。日本語の「さるすべり」は、「猴郎達樹」の訳語だろう。

また、「紫薇」のことをとりあげた明《みん》の王象晋《おうしょうしん》の『群芳譜』はいう。

「紫薇、一名百日紅。四五月に始めて花開く」。

この「四五月」はもちろん旧暦のそれであり、今でいえば五六月頃ということになる。

さて、中国で最も早く「さるすべり」のことをうたった詩人の一人は、唐の白楽天（七七二―八四六）だろう。白楽天の詩集には、「紫薇」を詠じた詩が三首ある。たとえばその一首、「紫薇花」。

絲綸閣下文書静
鐘鼓楼中刻漏長
独坐黄昏誰是伴
紫薇花対紫薇郎

読み下せば、

絲綸閣下《しりんかくか》　文書《ぶんしょ》静かに
鐘鼓楼中《しょうころうちゅう》　刻漏《こくろう》長し
独り黄昏に坐せば　誰か是《こ》れ伴《とも》なる
紫薇の花は対す　紫薇の郎

「絲綸」は、天子の詔勅。したがって「絲綸閣」は、詔勅が起草される役所、すなわち中書省の建物。そこではひっそりと文書が作成されている。

「鐘鼓楼」は、今でいえば、時計台。昔は水時計（刻漏）で時刻をはかり、鐘や太鼓で知らせた。その建物が「鐘鼓楼」。

詩人は今夜、中書省の役所で宿直をしている。夕暮、部屋でひとり坐っていると、その伴《とも》をしてくれるのは、誰?

紫薇の花は対す　紫薇の郎

中書省という役所は、唐の玄宗皇帝の時に紫薇省、あるいはクサカンムリのない紫微省と改名された。クサカンムリのない紫微は、星座の名前（天帝のいる星）なのだが、発音が同じなのでクサカンムリのある紫薇とも書く。

また、中書省にはたくさんの百日紅が植えてあったので、紫薇省と呼ばれたのだともいう。「紫薇郎」すなわち「中書郎」は、中書省の役人、中書舎人のこと。このとき白楽天は中書舎人の職に就いていた。今夜、詩人の相手をしてくれるのは、さるすべりの花。

紫薇の花は対す　紫薇の郎

さて、唐の次の宋の時代になると、庶民の日常生活の中で、百日紅の花をうたう詩の数が増える。

たとえば、わが江戸後期に、南宋三大詩人の一人としてもてはやされた楊万里《ようばんり》（一一二七―一二〇六）に、「道旁店――道ばたの茶店」と題するシャレた作品がある。

路旁野店両三家
清暁無湯況有茶
道是渠儂不好事
青瓷瓶挿紫薇花

読み下せば、

路旁の野店　両三家
清暁《せいぎょう》に湯なし　況《いわん》や茶あらんや

是《こ》れ渠儂《かれ》は好事《こうず》ならずと道《い》わんか
青瓷《せいし》の瓶《へい》に挿《さ》す　紫薇の花

道ばたのひなびた茶店二三軒、早朝には白湯《さゆ》も出さない。まして茶などなし。「渠儂」は、三人称の代名詞、茶店の亭主をさす。何と気のきかん無粋《ぶすい》な男かと思ったが、さにあらず。ふとテーブルの上に目をやると、青瓷（青磁）の壺に活《い》けられた、まっかな百日紅《さるすべり》。さり気なく筆をはしらせて描いた、俳画のような詩である。

梅雨――六月の詩

六月は、梅雨の季節である。

中国にも梅雨はあるか。北中国では日本の北海道のように梅雨はない、といわれている。しかし南中国、揚子江流域では、日本本土同様梅雨がある。

というより、梅雨という言葉自体が、もともと中国産である。

元《げん》の時代（十四世紀）、今の四川省の地域について書かれた歳時記『歳華紀麗譜《さいかきれいふ》』の注に、梅雨について、「梅の子《み》の熟する時の雨」という。そして次の明代の『五雑俎《ござっそ》』（一種の百科辞典、一六一九年）にも、「江南地方（揚子江下流の南）では、三・四月（陽暦の五・六月）の雨季を梅雨というのは、梅の実が熟する頃にあたるからである」、と説明する。

ところで、梅の木はどうか。日本南部原産の梅があるとも言われているが、最古の文献である記紀（古事記・日本書紀）に梅の字は見えず、植物事典などによっても、やはり中国原産らしい。日本原産でない動物は、象《ぞう》、犀《さい》、豹《ひょう》のように「音《おん》」（もともとは中国音）だけあって「訓《くん》」（日本読み）がない。植物でも蘭《らん》のように「音」しかないものは、日本原産でないという。梅は「ばい」「うめ」と音・訓ともにある。しかし「ウメ」は実は中国音「メイ」がなまったもの、もともと「訓」ではなく、やはり中国原産だというのが、音韻学者の説である。

中国では、梅は最古の詩集『詩経』にすでに姿を見せる。召南《しょうなん》・摽有梅《ひょうゆうばい》の詩。

摽有梅　　摽《お》ちて梅あり
其実七兮　其の実は七つ
求我庶士　我を求むる庶《おお》くの士《おのこ》よ
迨其吉兮　其の吉《よ》きに迨《およ》べ

「兮《けい》」は、一種の休止符で、訓読する時は読まない。この四句、和訳すれば、

落ちる梅の実、（枝にのこった）実は七つ。私を欲しい男たちよ、今のチャンスをのがさずに。

この挑発的な詩、三千年前の作だという。

ところで現代の日本では、「花」といえばサクラだが、万葉の頃はウメを指したという。『万葉集』に梅の花を詠んだ歌は少なくない。

春さればまづ咲くやどの梅の花ひとり見つつや春日暮らさむ

（山上憶良、巻五・八一八）

さて「つゆ」という言葉は、室町時代の国語辞典『節用集』に見えるが、「つゆ」が和歌でうたわれるようになるのは、江戸時代以後だといわれている。

中国でも「梅雨」が詩にうたわれるのは、唐代以後で、それ以前のアンソロジー、『詩経』はもちろんのこと、『文選《もんぜん》』（六世紀）にも全く見えない。

最も古い例の一つは、唐の二代目の天子太宗（在位六二七—六四九）の五言古詩『雨を詠む』である。全八句の第一・二句。

和風吹緑野　和風　緑野を吹き
梅雨灑芳田　梅雨　芳田に灑《そそ》ぐ

梅雨の詩で最も有名なのは、杜甫の五言律詩「梅雨」だろう。その前半にいう。

南京犀浦道　南京《なんけい》　犀浦《さいほ》の道
四月黄梅熟　四月　黄梅熟す
湛湛長江去　湛湛《たんたん》として　長江去り
冥冥細雨来　冥冥《めいめい》として　細雨来たる

「南京」は、今のナンキンでなく、四川省の成都。「犀浦」は、その成都府の、杜甫が住んでいた県の名。

梅の実が黄色く熟する頃、長江は湛湛と深く水をたたえて流れ去り、細かな雨が冥冥とあたりをほの暗くしつつ、長江をさかのぼってやって来る。

これが、杜甫が成都で体験した梅雨の風景だが、四百年後の宋の詩人陸游《りくゆう》（一一二五―一二一〇）は、随筆集『老学庵筆記』の中で次のように言っている。

「今の成都に梅雨はない。ただ秋の半ばに、揚子江下流地方の梅雨に似た長雨の時期があるだけである。――豈《あ》ニ古今ノ地気、同ジカラザル有ルカ」。

四百年も経てば、同じ土地の気候も変化する。地球上の気候の変化は、今に始まったことではないのである。

七夕――七月の詩

かささぎの渡せる橋におく霜の
　白きを見れば夜ぞふけにける

『新古今和歌集』に大伴家持《おおとものやかもち》作として見える一首、というより、『百人一首』中の一首として、よく知られている。ただし『家持集』には見えず、家持の作ではないとも言う。

作者の詮議はおくとして、「かささぎの渡せる橋」とは、宮中の御殿にある階段《きざはし》のことをいうのだろうが、もともとは七月七日、七夕《たなばた》にまつわる伝説の橋である。

すなわち鵲《かささぎ》という鳥たちが、羽根を連ねて天の川に橋をかけ、織女《しょくじょ》星を渡して恋のなかだちをした、という中国の伝説にもとづく。

牽牛《けんぎゅう》と織女は、星の名としては、中国最古の詩集『詩経』にすでに見える。しかし、物語の主人公として登場するわけではない。空にかがやく二つの星として、うたわれているにすぎない。

七夕伝説を最初にうたうのは、後漢の時代（一世紀―二世紀）に作られたとされる「古詩十九首」（『文選』所収）中の一首（第十首）である。

迢迢牽牛星　迢迢《ちょうちょう》たり　牽牛の星
皎皎河漢女　皎皎《こうこう》たり　河漢《かかん》の女《むすめ》
織織擢素手　織織《せんせん》として　素《しろ》き手を擢《あ》げ
札札弄機杼　札札《さつさつ》として　機《はた》の杼《ひ》を弄《あやつ》れど
終日不成章　終日　章を成さず
泣涕零如雨　泣涕《なみだ》零《お》つること　雨の如し
河漢清且浅　河漢　清くして且《か》つ浅し
相去復幾許　相去ること　幾許《いくばく》ぞ
盈盈一水間　盈盈《えいえい》たる　一水の間
脈脈不得語　脈脈《みゃくみゃく》として　語るを得ず

迢迢と、はるかかなたに見える牽牛星、皎皎と、白くかがやく銀河の娘、織女の星。

彼女は、ほっそりとした手を高く挙げて、サッサッと、機《はた》の杼《ひ》(横糸を通す道具)をあやつる。しかし、一日かけても、布《ぬの》の模様はできあがらず、ハラハラと涙を流す、雨のように。

天の川の中は澄んで、ごく浅い。二人を隔てる川幅も広くはない。

だが、盈盈と水をたたえた一すじの川を前にして、二つの星は、ただ脈々と、情をこめて見つめ合うだけ。言葉もかわせぬ。

ここでは、二つの星の逢引の姿は、うたわれていない。ただ黙って、目と目をかわすだけである。

二人が逢えるようになるのは、何時か。文献的には六世紀、六朝・梁《りょう》の宗懍《そうりん》の著とされる『荊《けい》楚《そ》歳時記』を俟《ま》たなければならない。

そこには、次のようにしるされている。

——七月七日、牽牛織女、聚会《しゅうかい》の日となす。

そしてこの書物は「歳時記」だから、天上のことだけでなく、地上の行事、風習についても、詳しくしるす。

「この夕、人家の婦女は綵縷《いろいと》を結びて七孔の鍼《はり》に穿《とお》し、あるいは金銀・鍮石《ちゅうせき》(銅)をもって鍼をつくり、瓜果《かか》を庭中に陳《なら》べて、もって巧《たく》みにならんことを乞《こ》う。」

七夕を乞巧奠《きっこうでん》とよぶのは、そのためであり、女性たちはこの日、裁縫の上達を願ってこの行事に参加した。

やがてこの行事は儀式化されて、わが国にも伝来し、天平勝宝七年（七五五年）、宮中の清涼殿ではじめて行われた、といわれる。

ところで男女の星の、一年にたった一度の出会い、その悲劇的なランデブーについて、後世の詩人たちは深い同情を寄せ、さまざまな形で哀切な作品をのこしている。

しかしあの杜甫の場合は、少しちがっていた。「一百五日（寒食節）の夜、月に対す」と題する五言律詩がそれである。この詩を作った時、杜甫は安禄山の乱にまきこまれて、長安の都に軟禁されていた。妻ははるか北方の地に疎開していて、再会のめどは全くたたぬ。

牛女は漫《みだ》りに愁思す

秋期には　猶《な》お河を渡るに

杜甫は言う。愁いに沈む牽牛・織女よ。そなたたちは、まだましだ。秋のあの約束の期《とき》（七月七日）が来れば、河を渡って逢うことができるのだから。

伝説は、詩人たちにさまざまな詩を作らせたのである。

名月――八月の詩

中国の詩文に「名月」という言葉は見えないようである。漢和辞典の類は、中国での用例は挙げず、『和漢三才図会《ずえ》』など日本の文献だけを引く。日本には、

名月や池をめぐりて夜もすがら

という有名な芭蕉の句があり、「仲秋の名月」という言葉もある。しかし中国では、「名月」といわず「明月」という。

名月と明月は、発音すればともにメイゲツ、中国音もミンユエと同じだが、なぜ中国には「名月」という言い方がないのか。

たぶんそれは「月」が一つしかないからだろう。中国にも「名酒」という言葉はある。考えてみると、酒の場合はさまざまな種類があり、中国だけでも、紹興酒、茅台酒、汾酒、竹葉酒、杏露酒、最近では、五糧液、酒鬼など。目を世界に転ずれば、日本酒、ビール、ウイスキー、ウオッカ、テキーラ……。それらの中の「名」のある「酒」、有名なうまい酒が、「名酒」である。

ところが、月は一つしかない。いや、月も満月、三日月《みかづき》、十六夜《いざよい》の月と、いろいろあるではないか、と言われるかも知れぬ。しかしそれらは外形のちがいであって、紹興酒とテキーラのような質的な差異ではない。

「月」はどんなに形を変えても「月」だから、中国では「名月」(「有名」な「月」)という言い方がないのではないか。

さて、仲秋の名月をうたった漢詩の中で、日本人に最もよく知られて来たのは、白楽天の次の句だろう。

三五夜中　新月の色

二千里外の故人の心

当時詩人は、みやこ長安にいた。そして左遷されて湖北省の江陵にいた親友元稹《げんじん》に思いをはせて、この句を作る。詩題を「八月十五日の夜、禁中にて独《ひと》り直《とのい》し、月に対して元九《げんきゅう》を憶《おも》う」という。

この句はわが国の『源氏物語』須磨《すま》の巻にも引かれている。

月いとはなやかにさし出でたるに、今宵《こよい》は十五夜なりとおぼし出でて、（みやこの）殿上の御遊び恋しく、所々ながめたまふらむかしと思ひやりたまふにつけても、月の顔のみまもられたまふ。「二千里外故人心」と誦《ず》したまへる、例の、涙もとどめられず。

かつて私は『源氏』のこの一節について、次のようにのべたことがある。

「名月をながめて、白楽天が想うのは、親友元稹のことであり、源氏が想うのは、都にのこして来た女たちのことである。それは、主として男性の文学であった中国古典詩と、女性の文学である『源氏』とのちがいを示している、といえなくもない。なお、白詩のこの句は、『源氏』成立後数年、藤原公任《ふじわらのきんとう》の『和漢朗詠集』（一〇一三年成立）に採られて、さらにひろく知られるようになった。」

（一九七六年、平凡社『漢詩一日一首』四六三頁）

ところで句中にいう「二千里」とは、どれほどの距離をさすのか。唐代の一里は約五六〇メートルだとされ、二千里は一一〇〇キロほどになる。地図上で測ってみると、たしかに長安（現在の西安）と江陵は一千キロほど離れている。これを日本に当てはめれば、ほぼ東京・下関間か。

かく一千キロも離れた土地にいる二人が、同時に眺めることができる。それが天上の月である。このことが遠く離れた二人の心を、一つに結びつける。

だが、親友元稹もまた同じ時間に、同じこの月を眺めているのだろうか。

さきの二句は、全八句中の第三、四句だが、詩は末尾二句に至って、次のようにうたう。

猶《な》お想う　清光　同じく見ざることを
江陵は卑湿《ひしつ》にして　秋陰足《おお》し

元稹君、きみがいま居る江陵は、土地が卑《ひく》くて湿気の多い所だと聞いている。そして秋になっても、陰《くも》りがちな日がつづくということだ。

遠く離れ離れになった二人が、せめて今宵はこの清らかな光を、空を仰いで共に眺めたいのだが、……。それもかなわぬ願いなのだろうか。

重陽節――九月の詩

中国には昔から陰陽説という考え方があった。この世のものは、おおむね対立する二つの要素、陽と陰とで成り立っている、というのである。天があれば地がある。男がいれば女がいる。天・男は陽、地・女は陰。

その影響は日本にも及んで、私が子供の頃、天皇の誕生日を天長節、皇后のそれを地久節と言った。

この考えは森羅万象に及び、数字もまた例外ではない。奇数、一、三、五、七、九が陽、偶数、二、四、六、八は陰である。そして陽の最大の数「九」が二つ重なる九月九日、すなわち「陽」の「重《かさ》」なる日を重陽節《ちょうようせつ》といい、菊の節句として祝った。

この日、ひとびとは茱萸《しゅゆ》（はじかみ）の枝をかざして岡に登り、菊酒を酌み交わして厄《やく》を払う行事をおこなった。「登高《とうこう》」という。

「登高」を詠じた詩は、王維の「九月九日、山東の兄弟を憶《おも》う」、杜甫の「登高」をはじめ、よく知られた作品がすくなくないが、ここでは日本であまり知られていない一首を紹介しよう。

作者の名は、毛沢東。

革命家毛沢東（一八九三―一九七六）は、詩人であるとともに、詞人としても高名であった。詞人とは、「詞」の作者である。

「詞」は宋代に流行したメロディつきの韻文で、一名「長短句」とも呼ばれる。一句の字数が、たとえば三、六、八のように長短不揃いな、独特の形式の詩である。

また別名「塡詞《てんし》」と呼ばれるように、もとうたのメロディに合わせて「詞」（歌詞）を「塡《うず》」めてゆくため、同題（同一メロディ）の替え歌が多い。

毛沢東の詞の題は、「采桑子《さいそうし》」という。詞の題（詞牌《しはい》という）はメロディの呼び名である。したがって詞の内容とは関係なく、これにも「桑を采《と》る子《むすめ》」という意味はない。副題がつけられていて、「重陽」という。

詞はふつう前半と後半に分かれ、この詞の前半は、次のような四句である。

人生易老天難老
歳歳重陽
今又重陽
戦地黄花分外香

読み下せば、

人生老い易《やす》く　天は老い難《がた》し
歳歳　重陽
今又た重陽
戦地の黄花　分外に香《かんば》し

毛沢東はいう。

人生には老いがおとずれやすいが、自然は老いることがない。
毎年やって来る、重陽の日、
今年もまた、重陽の日。
戦場に咲く菊の花は、ことのほか香《かぐわ》しい。

この年、一九二九年の十月、毛沢東が率いる革命軍は、根拠地井崗山《せいこうざん》を脱出し、華南地方で転戦しつつあった。
詞の後半もまた、四句。
一年一度秋風勁
不似春光
勝似春光
寥廓江天万里霜
読み下せば、
一年一度　秋風勁《つよ》く
春光に似ず
春光より勝《まさ》る
寥廓《りょうかく》たる江天　万里の霜
戦場で迎えた重陽節の自然は、まことにきびしい。
一年に一度のこの日、秋風は烈《はげ》しく、
春の景色とは、似ても似つかぬ。
だがこの景色、春よりもすばらしい。
大川の上に広がる果てしない大空、見渡す限り大地の霜。
凄絶な環境の中で可憐な美を発見し、楽天的な豪快さをうたい上げた一首である。

紅葉——十月の詩

十月は旧暦では冬の初めだが、新暦では紅葉の季節である。紅葉を詠じた詩はきわめて多い。それらの中で、最も有名な作品の一つは、白楽天の次の二句をふくむ一首だろう。

林間に酒を煖《あたた》めて紅葉を焼き
石上に詩を題して緑苔《りょくたい》を掃《はら》う

この二句、日本の和歌と中国の漢詩の名句を集めた『和漢朗詠集』（一〇一三年）に採られて、愛唱された。さらに『平家物語』（十三世紀前半）に引用され、また謡曲「紅葉狩《もみじがり》」（十五世紀前半）がとり入れ、いっそう知られるようになった。

詩題は、「王十八の山に帰るを送り、仙遊寺に寄題す」。「王」は、友人王質夫《おうしつぷ》。「十八」は、排行（従兄弟の年齢順）。「帰山」は、隠退すること。「仙遊寺」は、みやこ長安の西郊にあった寺。白楽天が三十五歳、「長恨歌」を書いた年、しばしばこの寺を訪れた。あれから三年の月日が流れている。「寄題」は、その土地へは行かず、遠くから思いを寄せて詩を送ること。

詩は全八句の七言律詩。まず初めの二句。

曾於太白峰前住　　曾《かつ》て太白峰前に住み

数到仙遊寺裏来　　数《しば》しば仙遊寺裏に到り来《きた》る

太白峰は、長安の南の山。その麓から、よく仙遊寺を訪ねたものだ。辺りの風景は、

黒水澄時漂底出　　黒水澄む時　漂底出《たんていい》で

白雲破処洞門開　　白雲破るる処　洞門《どうもん》開く

黒水という河が澄んでいる時は、淵の底まで見え、白雲が切れると、洞窟のような寺の山門が、姿を現わしたものだ。

そして有名な二句。かつての思い出を語る。

林間煖酒焼紅葉　　林間に酒を煖めて紅葉を焼き

石上題詩掃緑苔　　石上に詩を題して緑苔を掃う

前半の句、語順通りに訳せば、「林の中で酒の燗をし、紅葉を集めて焼く」、となる。酒の燗をしてから落ち葉を集めて焼き、その火でヤキイモでも焼いたのか。酒の燗は、電子レンジでチンしたのか。まさか。

事柄の順序としていえば、落ち葉を集めて焼き、その火で酒の燗をしたのだから、言葉の順序としても、

林間　紅葉を焼きて　酒を煖め

となるはずである。ところがその語順に並べれば、

林間　焼紅葉　煖酒

となって、平仄も合わず、七言のリズム「2＋2＋3」にも合わぬ。リズムのことは、後の句を読めば一層明らかになる。岩の上に墨で詩を書き、そのあと苔をとりはらえば、字も消えてしまう。その矛盾にもかかわらず、

石上　題詩　掃緑苔

としたのは、七言のリズムが文法（語順）に優先することを示している。

さて、さいごの二句。

惆悵旧遊無復到　　惆《ちゅうちょう》悵す　旧遊　復《ま》た到る無きを

菊花時節羨君廻　　菊花の時節　君が廻《かえ》るを羨《うらや》む

かつて遊んだあの土地を再訪できないのが、まことに悲しく、菊の花咲くこの季節に、君が帰って行くのがうらやましい。

先にふれた『平家物語』（巻六）は、この詩について次のようなエピソードを伝える。

――ひと夜、はげしい嵐が吹き荒れて、宮中の築山の紅葉がことごとく散ってしまった。下働きの者たちはこれをかき集めて焼き、酒の燗をして楽しんだ。

翌朝、帝《みかど》（高倉天皇）が紅葉見物に来てみると、跡形もない。「いかに」と問われて、近習の者はやむなくありのままに答えた。

ところが帝は意外にもご機嫌うるわしく、「うち笑《え》ませ給ひて、『林間ニ酒ヲ煖メテ紅葉ヲ焼ク』といふ詩の心をば、さればそれらには誰が教へけるぞや、やさしうも仕《つかまつ》りけるものかな、と

て、かへつて叡感《えいかん》にあづかるうへは、あへて勅勘《ちょくかん》（おとがめ）なかりけり」。

風流韻事とは、こういうことを言うのだろう。時に高倉帝、十歳の少年だったという。

菊と長寿——十一月の詩

十一月三日は「文化の日」だが、私が子供の頃は「明治節」だった。明治天皇の誕生日である。当時、学校は授業がなく、全生徒が講堂に集って式が開かれた。式では、「秋の空澄み菊の香たかき、今日の佳き日を皆ことほぎて……」という歌を合唱し、紅白の饅頭をもらって家に帰った。

「ことほぎて」というのがどういうことか、よくわからなかったけれど、饅頭がもらえるのは、嬉しかった。

ところで菊といえば、中国の詩人陶淵明に、菊の花びらを酒に浮かべて飲む詩がある。菊は単に観賞の対象であっただけでなく、長寿の象徴でもあった。「飲酒（酒を飲みつつ）」と題する二十首連作の詩の第七首、次のような五言十句の作品である。

秋菊有佳色　秋菊　佳色あり
裛露掇其英　露に裛《ぬ》れたる其《そ》の英《はなぶさ》を掇《つ》む
汎此忘憂物　此の憂いを忘るる物に汎《う》かべて

遠我遺世情　我が世を遺《わす》るるの情を遠くす
一觴雖独進　一つの觴《さかずき》　独り進むと雖も
杯尽壺自傾　杯《はい》尽きて　壺　自《おのずか》ら傾く
日入群動息　日入りて　群《もろもろ》の動き息《や》み
帰鳥趨林鳴　帰鳥　林に趨《おもむ》きて鳴く
嘯傲東軒下　嘯《しょうごう》傲す　東軒の下《もと》
聊復得此生　聊《いささ》か復《ま》た此の生を得たり

いくつかの言葉に語釈を添えれば、
○忘憂物　酒。『詩経』の詩句「我に酒の以て敖《たの》しみ、遊ぶべきものなきにあらねど」の古注に、「非我無酒可以傲遊忘憂也——我に酒の以て傲遊《ごうゆう》して憂いを忘るべきものなきに非ず」というのにもとづく。○壺自傾　壺の酒が残り少なくなって、自然に傾けることになる。○嘯傲　嘯は、口笛を吹くこと。傲は、勝手気ままにふるまうこと。二字で、束縛から解放されることをいう。○東軒　東ののきば。

菊の花びらを酒に浮かべて飲み、長寿を願う風習は、紀元前一世紀、漢代のことをしるした『西京雑記』に見える。さらに菊の花を食べることは、紀元前四世紀の詩人屈原《くつげん》の作品に、「夕べに秋菊の落ちたる英《はなぶさ》を餐《くら》う」とうたわれる。

菊の花が長寿に効《き》くということは、古くから言われて来た。そのためか、菊の花びらを集めて

乾かし、袋につめて枕にする風習も古くからあった。それは中国で始まって日本にも伝わり、江戸時代に、

寝がへると少しは薫る菊枕

という句があるそうだ。

この習慣は現代にも及び、松本清張に『菊枕――ぬい女略歴』という短編小説がある。その中に、ぬいという女流俳人が俳句の先生に菊枕を縫って贈る話が出て来る。

そして現代の俳句にも、次のような作品がある。俳句の世界では「菊枕《きくちん》」を「きくまくら」と読み、『俳句歳時記』によれば秋の季語だという。

菊枕かくて老いゆく人の幸　高浜年尾

恋ごころより情こもる菊枕　飯田蛇笏

「菊枕」は漢詩の世界でもよくとりあげられた。宋代の詩人陸游《りくゆう》（号は放翁）に、「余、年二十の時、かつて菊枕の詩を作り、すこぶる人に伝わる云々」という一首をはじめ、いくつかの作品がある。

一方日本でも、江戸の漢詩人市河寛斎《いちかわかんさい》（一七四七―一八二〇）の「傲具詩《ごうぐ》」五十首の一首に、菊枕を詠じた次のよう作品がある。

東籬幽味不勝清　東籬《とうり》の幽味《ゆうみ》　清《せい》に勝《た》えず

一枕秋香縫落英　一枕の秋香　落英を縫う

自愧故山帰未得　自《みずか》ら愧《は》ず　故山帰ること未だ得ざるを
寒宵雨細夢淵明　寒宵《かんしょう》　雨細《こま》かにして　淵明を夢む

「傲具」とは、「道具自慢」というほどの意。身辺に置いて大切にしている骨董や文房具のたぐいを、人に自慢してみせた詩。

第一句の「東籬（東のまがき）」は、陶淵明の「菊を采《と》る東籬の下、悠然として南山を見る」を踏まえる。寛斎は放翁の「菊枕」に触発されてこの詩を作ったというが、結局は淵明に回帰している。

菊といえば、古来やはり淵明である。

除夜――十二月の詩

大晦日《おおみそか》の夜を、どうして除夜《じょや》あるいは除夕《じょせき》というのか。辞書によれば、「旧歳の除《のぞ》き去られる夕」、とある。

除夜の詩には、悲愴感のただよう作品がすくなくない。『唐詩選』に見えることによって、わが国ではよく知られている高適《こうせき》（七〇七?―七六五）の七言絶句「除夜の作」も、例外ではない。

旅館寒灯独不眠　旅館の寒灯《かんとう》　独《ひと》り眠らず
客心何事転凄然　客心　何事ぞ　転《うた》た凄然《せいぜん》たり

故郷今夜思千里　　故郷　今夜　千里を思わん
霜鬢明朝又一年　　霜鬢《そうびん》　明朝　又《ま》た一年

旅の空にあって、ひとりわびしく旅館で迎える大晦日の夜である。客心、旅人の心が、転《うた》た（次第に）夜がふけるとともに、凄然と、わびしさが増すのは、当然だろう。

ただしここでは、大晦日の夜を家族とともに楽しくすごす白楽天（七七二―八四六）の詩を、紹介しよう。

題して、「三年の除夜」。「三年」は、唐の開成三年（八三八）。時に白楽天、六十七歳であった。全十六句の少し長い詩なので、四句ずつ区切って読むこととする。

晳晳燎火光　　晳晳《せきせき》として　燎火《りょうか》光り
氳氳臘酒香　　氳氳《うんうん》として　臘酒《ろうしゅ》香《かんば》し
嗤嗤童稚戯　　嗤嗤《しし》として　童稚《どうち》戯《たわむ》れ
迢迢歳夜長　　迢迢《ちょうちょう》として　歳夜《さいや》長し

かがり火はあかあかと燃え、晦日《みそか》の酒は盛んによい香りをただよわせる。チビどもはキャッキャとふざけ合い、年の瀬の夜はいつまでもつづく。

『風土記』という六朝時代の書物によれば、「除夕に至れば、旦《あかつき》に造《いた》るまで眠らず。これを守歳という」。大人どもは年越しの酒の用意をし、子供たちは徹夜ではしゃいでいる。

堂上書帳前　　堂上　書帳《しょちょう》の前

長幼合成行　長幼　合《がっ》して行《こう》を成す
以我年最長　我が年の最も長《ちょう》ぜるを以て
次第来称觴　次第に来たって　觴《さかずき》を称《あ》ぐ

座敷に置かれた書架のカーテンの前で、家中の者が年の順に行列を作る。そして私が一番年長だというので、次々と皆が前へやって来て、祝杯をあげてくれる。

七十期漸近　七十　期　漸《ようや》く近く
万縁心已忘　万縁《ばんえん》　心　已《すで》に忘る
不唯少歓楽　唯《た》だに歓楽《かんらく》の少なきのみならず
兼亦無悲傷　兼《か》ねて亦《ま》た悲傷《ひしょう》もなし

七十歳という年が次第に近づいて来て、世間とのさまざまな関わりも、すっかり忘れ果ててしまった。

このごろは、楽しい事もほとんどないかわりに、心をいためる悲しみもない。

「人生七十古来稀《まれ》なり」と杜甫がうたったように、七十まで生きる人は少なかった。当時は数え年でかぞえたから、このとき詩人は六十七、一夜明ければ六十八歳であり、七十に手のとどく年齢だった。

過去における世間とのつながり、さまざまな出来事もすべて忘れ去り、喜びもなければ悲しみもない。そんな毎日だというのである。

そして、結びの四句。

素屏応居士　素屏《そへい》は居士《こじ》に応じ
青衣侍孟光　青衣は孟光《もうこう》に侍《じ》す
夫妻老相対　夫妻　老いて相対《あいたい》し
各坐一縄牀　各《おの》おの一縄牀《いちじょうしょう》に坐す

「素屏」の句には原注がついていて、次のようにいう。「顧虎頭《ここ》《とう》（六朝《りくちょう》時代の画家顧愷之《こがいし》）の維《ゆい》摩居士《まこじ》（高僧）を画きし図は白衣素屏なり」。ただし詩中の居士は「香山《こうさん》居士」と称した白楽天自身のことをさす。「青衣」は、青いころもを着た下女。「孟光」は、後漢の隠者梁鴻《りょうこう》につつましく仕えた妻。白楽天の妻に擬す。

わが家の白い質素な屏風は居士たる私にふさわしく、青いころもの下女が孟光のようなわが妻のそばに仕えている。

われら夫婦は老いて向かい合い、それぞれ縄張りの椅子に腰掛けてくつろぎ、いま新年を迎えようとしている。

連載を終えて

中学の同窓生山村泰彦君に頼まれて、彼が主宰する歌誌『朝霧』への連載執筆を引き受けたのは、たしか一昨年（二〇〇一年）の秋、京都での同窓会の席上だった。

タイトルを「四季の詩」ときめて書き始め、ハタと困ったことが二つあった。

一つは、旧暦と新暦のズレである。たとえば「名月――八月の詩」と題した一文、仲秋の名月は旧暦の八月十五日だが、新暦の八月はまだ夏の真最中である。読者の方々に八月号が届くと、暑いさ中に秋の名月を想像して読んでいただかねばならぬ。

もう一つは、原稿の締切が掲載の二か月前だったこと。八月の名月のことを、六月の半ばには書き上げて、送らねばならぬ。どうしても気分が乗らないのに、困った。

しかし何とか無事、一年の連載を終えることができた。国の借金を国債といい、飲み屋のツケを酒債という。原稿の場合は、書債。その書債を全部払い終えた。一年間つきあっていただいた読者の方々に、感謝したい。

漢文教室――超初級編

日中不再戦

日本と中国のある都市同士が、友好都市の関係を結びました。
日本側の市長は書が得意だったのか、さっそく、

日中再不戦

と墨書して中国側に送り、これを石に刻んで公園にでも建ててほしい、と申し入れます。ところが中国側から、これでは具合が悪いので、

日中不再戦

と書き直してほしい、と言って来ました。

日本側の市長は「日中再ビ戦ワズ」と平和友好の決意を込めて書き送ったつもりでしたが、「日中再不戦」では、漢文としては意味が通らないのです。なぜか。

中国語（漢文）は、上の語が下の語を支配修飾します。したがって「日中再不戦」と書くと、まず上の「不」が下の「戦」を打消して、

不・戦→戦ワズ

そして更に、上の「再」が下の「不戦」を修飾して、

再・不戦→再ビ戦ワズ

これだと「再ビ」「戦ワズ」で、前に一度も戦争をしたことはないが、今度もまた戦わない、と事実に反した表現になります。

これまで一度も戦争をしたことのない国同士ならば、これでよいのですが、日中両国はかつて戦争をしたのですから、やはり「日中不再戦」と書かねばなりません。これだと、

再・戦→再ビ戦ウ

不・再戦→再ビ戦ウコトヲセズ

訓読する時は、まぎらわしくないように、「日中再ビハ戦ワズ」と読みます。

「晩酌されますか」と聞かれて、

常不飲

とこたえれば、酒は全く飲まないことになります。「常ニ飲マズ」（全部否定）。

そして、

不常飲

といえば、「いつもやってるわけではないがネ」となります。「常ニハ飲マズ」（一部否定）。

春眠不覚暁

唐の孟浩然《もうこうぜん》（六八九―七四〇）の有名な詩「春暁《しゅんぎょう》」。

春眠不覚暁　春眠　暁《あかつき》を覚《おぼ》えず
処処聞啼鳥　処処《しょしょ》　啼鳥《ていちょう》を聞く
夜来風雨声　夜来　風雨の声
花落知多少　花落つること　知る多少ぞ

このたった二十字の五言絶句の中に、日本語と意味のまったくちがう漢語が、少なくとも二つあります。

まず、「処処」。日本語では「ところどころ」ですが、漢語では「到る処」「あちこち」。ついでに言えば、「時時」は、日本語では「ときどき」、漢詩の中では「しょっちゅう」。

次に、「多少」。日本語では「多少は持っています」というように、「少し」の意味ですが、漢詩では「どれほど」。疑問詞なのです。現代中国語でも、「多少銭?」といえば、「値段はいくら？」という意味になります。

したがって「花落知多少」は、花はどれほど散っただろうか、という意味です。

日中両国では、同じ漢字漢語を使っていますが、漢語にはかなり意味のちがうものがあります。

たとえば「故人」。日本では死んだ人をさしますが、漢詩の中では生死と関係ありません。

西のかた陽関を出《い》ずれば　故人なからん

この「故人」は「古い友人」のことで、「死者」ではありません。ところが死んだ人を悼む詩で、

故人　見る可からず

というと、これは「死者」です。

要するに漢詩の中の「故人」は、生き死にとは関係なく「昔からの友人」の意で、日本語の用法とはちがうのです。

愛月夜不眠

あるお習字の先生から、

愛月夜不眠

という五文字をお手本に書きたいのだが、次のA、Bどちらの読み方が正しいか、と聞かれまし

た。

A　月を愛して　夜眠らず

B　月夜を愛して　眠らず

私の答。――作者が中国人なら、Aでしょう。なぜなら五言の漢詩のリズムは「2＋3」で、「3＋2」というリズムはないからです。

すなわち、

愛月　夜不眠

が正しく、

愛月夜　不眠

というリズムは原則としてないのです。たとえば、李白の詩句、

三百　六十日

日日　酔如泥

そして、杜甫の詩句、

国破　山河在

城春　草木深

すべて「2＋3」です。

なぜこんなリズムが固定化したのか。実は中国の詩のリズムは、最初「2＋2」で始まったの

です。三千年前の『詩経』の詩、

碩鼠　碩鼠　碩鼠《せきそ》よ　碩鼠

無食　我黍　我が黍《きび》を　食らう無かれ

やがてこれとは別に「2＋1」「1＋2」、すなわち「3」のリズムの詩が生まれます。

大風　起

雲　飛揚

この二つのリズム（2のリズムと3のリズム）が合体して、安定性のある「2＋3」（その中身は「2＋2＋1」と「2＋1＋2」）の五言詩が生まれました。

三百　六十　日

日日　酔　如泥

したがって、さきほどの句も、

愛月　夜　不眠

返り点

漢文を読むとき、原文の左に返り点、右に送り仮名をつけます。

日本語と中国語（漢文）は語順がちがうので、返り点が必要なのです。

食《ウ》レ芋《ヲ》　登《ル》レ山《ニ》

目的語（芋）や補語（山）を、日本語では先に言いますが（芋ヲ食ウ、山ニ登ル）、中国語（漢文）では逆に動詞（食ウ、登ル）が先に来るので、返り点が必要なのです。

目的語には「ヲ」、補語には「ニ」をつけるので、「ヲニ（鬼）と会ったら返れ」。

一字もどるときは「レ点」、二字以上返るときは「一二点」、「一二点」をはさんで大きく返るときは「上下点」、さらに大きく返るときは「甲乙点」。

たとえば「賄賂を受けし角栄の図を描きし者に聴けり」というのを漢文にして、返り点、送り仮名をつけてみますと、まず、

受《ケシ》二賄賂《ヲ》一

そして、

描《キシ》下受《ケシ》二賄賂《ヲ》一角栄之図《ヲ》上

さらに、

聴《ケリ》乙描下受二賄賂一角栄之図上者《ニ》甲

となります。

返り点は「レ」や「一二」なのに、なぜ返り「点」というのか。漢文を読み始めた奈良、平安のころは、返り点と送り仮名の代わりに、漢字の四スミなどに「点」を打ち、日本式読み方を示したからです。漢字のここへ点を打てばヲ、ここならコト、というわけで、それらの点を「ヲコ

ト点」と呼び、その名残りで返り「点」というのです。

このように、漢文を「訓」むための点、すなわち「訓点《くんてん》」（返り点と送り仮名）をつけながら「読」んで行くので、漢文を「訓読《くんどく》」するというのです。

送り仮名は、昔は「思フ」「願ヒ」のように、歴史的仮名遣いで書き、いまも高校の漢文教科書はそれに従っているようです。しかし街で売っている漢詩・漢文の解説書は、現代仮名遣いの方が多くなっています。

私も、理屈を言い出すと長くなるのでやめておきますが、現代仮名遣い派です。

国破山河在

今から五十七年前、日本敗戦のとき、新聞のコラムなどに、この杜甫「春望」詩の句がよく引かれていました。

国破レテ　山河在リ

しかし日本の新聞記者たちは、この句をいささか誤読して引用していたようです。

日本は戦争に「敗」れたのですが、杜甫は国が「破」れたと言っています。「敗」と「破」、どうちがうのか。

日本は外国と戦って「敗」れたのですが、唐の場合は、安禄山の乱という内乱によって、国家機構が「破」壊されたのです。しかもその国家機構を守るべき山河、「山河は国の塞《とりで》」と言われた山河はそのまま無傷で残り、守られるべき国家が破壊され、玄宗皇帝は楊貴妃を連れてみやこ長安から逃げ出したのです。

日本の場合は、山河（自然）は別に国家を守るために存在したのではありません。戦争には敗れたけれど、自然はそのまま残った、というのが日本人の実感だったのです。

ところで、「山河在リ」の「在」も、日本人はあまり気にせずに読んでいますが、

山河在　山河在り

有山河　山河有り

この二つはどうちがうのか。

「有」は所有や存在を示す言葉で、「財産有リ」「山有リ谷有リ」。一方「在」は、何処にあるのかという所在を示す言葉です。「机上ニ在リ」「胸中ニ在リ」。

では、「国破レテ山河在リ」の「山河」は、何処に「在」るのか。「在」の下の在り場所を示す言葉が省略されています。五言詩だからということもありますが、在り場所を示す必要がないからです。元のままの場所に在る。山河は元のままの完全な形で残っている、健在である、というのが、

国破レテ　山河在リ

城春草木深

杜甫「春望」詩の第二句です。

国破レテ　山河在リ

城春ニシテ　草木深シ

中国の「城」は、日本の姫路城のような、天守閣のある「お城」ではありません。城壁のことです。万里の長「城」。そして「城」に囲まれた町のことも、「城」といいます。長安城は長安のお城ではなくて、長安の町。

その長安の町に春が来た。

「春」はもともと名詞ですが、形容詞的、副詞的、動詞的にも使います。

早春　早い春　　名詞

春風　春の風　　形容詞的

春死　春に死ぬ　副詞的

城春　春になる　動詞的

この一句はふつう、「長安の町に春が来たので、草木が深々と茂っている」と訳されていますが、そうではなくて、「長安の町に春が来たけれども、草木が深々と茂っているだけだ」と訳すべきだと思います。

なぜなら、この句は前の句と対句になっているからです。

国 破 山河 在

城 春 草木 深

対句はこのように、左右対称的に文字を並べて作ります。「破」という動詞と、「春」という普通は名詞である言葉を対にしたところは、杜甫の技巧を示しています。

また対句は、言葉の文法的なつながりも、左右同じでなければなりません。その証拠に二句は、

主語＋述語　主語＋述語

主語＋述語　主語＋述語

となっています。だから、国破―山河在、城春―草木深の、「―」の部分も一方が「けれども」で、他方は「ので」ではなく、両方とも「けれども」のはずです。

例年なら人出でにぎわう長安の町も、今年は春が来ても戦争で人影がなく、ただ草木が茂っているだけだ、というのでしょう。

対句

前回「対句」のことにふれました。

国破　山河　在
城春　草木　深

中国語（漢文）は、対句を作りやすい言葉です。一字が一音で、文字の数と音の数が一致するからです。日本語の対句は、

うめ　が　ちって
さくら　が　ひらいた

と左右不揃いになりますが、中国語（漢文）ならば、

梅　散
桜　開

と左右対称になります。

もちろん日本語にも、文字数の揃った対句があります。

うさぎ　追いし　かの山
こぶな　釣りし　かの川

この二句は、さいごの言葉が、yama　kawa　と韻を揃えていて、なかなかよくできた対句です。しかし「うさぎ」と「こぶな」は漢字で書くと、「兎」と「小鮒」。意味の上での対句にしようとすれば、「兎」と「鮒」か、「小兎」と「小鮒」にしなければなりません。

日本語は同じ花でも、「うめ」「さくら」「たちばな」と音節数が同じでない。ところが中国語

（漢文、漢語）だと、「梅」「桜」「橘」と一字一音で書けます。だから対句が作りやすいのです。

八句の漢詩を律詩といいますが、八句のうち、第三・四句と第五・六句は、それぞれ対句にしなければなりません。杜甫の「春望」は第一・二句も対句ですが、第三・四句、第五・六句も、

感時　花　濺涙
恨別　鳥　驚心
烽火　連　三月
家書　抵　万金

と見事な対句でできています。

「李絶杜律」という言葉がありますが、李白は四句の絶句が得意、杜甫は八句の律詩の名手だというのです。律詩の名手とは、対句の名手ということでもあります。

脚韻

中国の詩（漢詩）と日本の詩（短歌、俳句）のちがうところは、韻《いん》を踏むかどうかです。漢詩はふつう偶数句の最後に、同じ韻の字を置かなければなりません。

韻とは、漢字を発音したときの後半の部分、たとえば漢「kan」の後半の「an」が韻です。耳で聞いてあとに残る響き、余韻です。

漢字　発音　韻
然　zen　en
年　nen　en

この二文字は、同じ韻の字です。そこで、たとえば杜甫の「絶句」、

江碧鳥逾白
山青花欲然
今春看又過
何日是帰年

（江は碧《みどり》にして鳥逾《いよ》いよ白く、山青くして花然《も》えんと欲す、今春看《み》すみす又過ぐ、何《いず》れの日か是れ帰年ならん）

この詩は、然・年で韻を踏んでいることになります。ゼン・ネンは日本漢字音ですが、もともと昔中国人から習った中国音ですから（長い年月の間に少し変化はしているものの）、同じ韻かどうか、大体の見当はつくのです。もちろん正確には漢和辞典で調べる必要がありますが。

漢詩は偶数句の「最後の字」で韻を踏むので、「脚」韻を踏むといいますが、どうして偶数句末なのか。それは漢詩がふつう二句ワンセットでできていて、二句目、四句目、と偶数句末が切れ目になるからです。

春眠不覚暁

処処聞啼鳥

と、前半二句で朝の風景をうたって、

夜来風雨声

花落知多少

と、後半二句で昨夜から今朝のことをうたう。二句ずつで意味の切れ目ができるから、そのしるしに韻を踏むのです。「金の切れ目が縁の切れ目」といいますが、「韻の切れ目が意味の切れ目」というわけです。

唐詩選

日本人は一般に唐詩を『唐詩選』で読んでいます。ところが中国人は『唐詩三百首』で読むのがふつうです。なぜでしょうか。二つのテキストは、どうちがうのでしょうか。

唐詩の現存作品は、約五万首。あまりに数が多すぎて、読みきれません。

そこで専門家が編集した選集で読むことになります。日本でよく知られた唐詩の選集は、次の三つです。

①三体詩　宋・周弼《しゅうひつ》

一六七人　四九四首

②唐詩選　明・李攀龍《りはんりゅう》（?）
　一二八人　四六五首
③唐詩三百首　清・孫洙《そんしゅ》
　七七人　三一三首

①の「三体」というのは、七言絶句、七言律詩、五言律詩と三つの体（スタイル）の詩だけ収めているからです。この選集は、何と李白と杜甫の詩を一首も収めていません。まるで鷗外と漱石をはぶいた明治大正文学全集のような編集の仕方です。編者が李杜の詩、李杜の時代の詩を好まなかったからです。

②の『唐詩選』は、これまた何と、白楽天、杜牧の詩を一首も収めていません。

唐詩はその時代的特徴によって、初唐・盛唐・中唐・晩唐と四時期に分け、中唐の時代に詩の大きな変化が起こります。乱暴な言い方をすれば、初・盛唐は勢いのいい青年の詩、中・晩唐はきめのこまかな中年の詩。『三体詩』の編者は中年の詩を好み、『唐詩選』は青年の詩を選んでいる、と言っていいでしょう。

それらの偏向のあと、『唐詩三百首』はまんべんなく公平に（?）詩を選んでいます。

日本では、平安時代は白楽天が好まれ、室町時代も『三体詩』が流行、ところが江戸時代になると、もっぱら『唐詩選』、その好みは現代に引き継がれています。そしてそれが、漢詩は大ぶりで威勢のいいもの、という誤解の原因にもなっているのです。しかし漢詩全体は、もっと幅のある、多彩なものです。

晩と夕

千数百年来、中国と日本は同じ漢字を使って来ました。そして漢字、漢語の多くは、両国とも全く同じ意味で使っています。「花」は日本でも中国でも「はな」、「春風」は「はるかぜ」です。ところが同じ漢字、漢語なのに、両国で意味の全くちがうもの、かなりズレのあるものも、少くありません。そのことは、この連載の二番目（五六頁）でも少しふれましたが、ここでは別の例を挙げてみましょう。

たとえば「晩」は、日本では「夜」を意味しますが、中国では「夕暮」です。だから漢文、漢詩に「晩」という字が出て来ると、「ばん」と読まずに「くれ」と読んでいます。

晩《くれ》に向かいて　意適《こころかな》わず

（李商隠「楽遊原」）

「日暮になると、涙がでるのよ」というのと同じです。

車を停《とど》めて坐《そぞろ》に愛す　楓林《ふうりん》の晩《くれ》

（杜牧「山行」）

照明装置のない昔のこと、「ばん」だと真っ暗で、「楓《かえで》の林」も見えないでしょう。やはり

「ゆうぐれ」です。

現代でも、『北京晩報』は北京で夜中に配る新聞ではなく、「夕刊」です。

一方「夕」は、漢文、漢詩では「夜」の意味で使われることが多いのです。

一夕《いっせき》　九たび起きて嗟《なげ》く

（孟郊「再び下第す」）

これは科挙の試験に落ちたことを嘆く詩句ですが、「一夕」は「ある夕方」でなく、「ひと晩中」です。

ところが「夕」は「夕方」の意味で使われることもあるので、ちょっとややこしい。たとえば陶淵明の詩「飲酒」に、

山気　日夕《にっせき》に佳《よ》く

飛鳥　相与《あいとも》に還《かえ》る

とうたう「日夕」は、「一日のうちの夕暮れ」です。しかしこれらの区別は前後の関係で判断でき、まぎらわしいことはまずありません。

起承転結

漢詩の中で一番短い四句の詩型を、「絶句」といいます。いろいろ説はありますが、ふつう長

い詩の最初の四句を「絶」ち切った形だからだ、と言われています。
四句は順番に、起句、承句、転句、結句と呼びます。第一句で「起」こし、第二句はそれを「承」ける。第一句と全然関係のないことをうたってはいけません。
春眠　暁を覚えず
とうたい「起」こしておいて、第二句で「ニューヨークの株が暴落した」などとうたってはいけない。必ず第一句を「承」けて、
処処　啼鳥を聞く
そして第三句は場面「転」換をして、別の情景をうたう。第二句につづけて「ダンプカーの音も聞こえて来た」などとうたってはいけない。
はじめの二句は朝の風景だから、第三句は昨夜のことをうたう。
夜来　風雨の声
そして第四句で全体を「結」ぶ。
花落つること　知る多少ぞ
頼山陽はその要領を、「都々逸《どどいつ》」ふうにこう表現しています。
大阪本町　糸屋の娘
姉が十六　妹は十四
諸国大名は　刀で斬るが

糸屋の娘は　目で殺す

第二句（承句）は、第一句の娘がどんな娘かなという読者の期待を「承」けてうたう。そして第三句で、「娘の下にやんちゃな弟がいて」などとつづけてはいけない。全然無関係な「諸国大名」の話題に「転」換して、第四句で元の娘の話にもどし、全体を「結」ぶ。

なるほどいろいろな絶句を読んでみると、皆そういうふうに作られています。

江は碧《みどり》にして　鳥逾《いよ》いよ白く
山青くして　花然《も》えんと欲す
今春　看《み》すみす又過ぐ
何れの日か　是れ帰年ならん

日本の漢字音

隋《ずい》の天子「煬帝」は、なぜ「ようてい」でなく、「ようだい」と言うのか。

「帝」には、「たい」「てい」と二つの日本漢字音があるのです。「たい」を呉音、「てい」は漢音と言います。

呉音は六世紀以前に、日本へ伝わって来ていた中国南方の発音、漢音は七世紀以後、日本人が知った中国北方の発音です。

わかりやすく言えば、上海なまりが呉音で、西安なまりが漢音。呉音が先に来たのですが、その頃すでに仏教が日本に伝わっていたので、お経やお寺さん関係の言葉は主に呉音で発音され、現在に至っています。

フーテンの寅さんの出生地葛飾柴又《かつしかしばまた》の「帝釈天」を、「ていしゃくてん」と言わず、「たいしゃくてん」と呉音で読むのは、ホトケさんの名前だからです。

ではなぜ「煬帝」を「ようたい」ではなく、「ようだい」と読むのか。

それは「たい」の上に何か別の語がつくと、濁って「だい」となるからです。たとえば「戴」は「戴冠式」の「たい」ですが、テレビのコマーシャルも言っています。「ピアノ売って頂戴《ちょうだい》」。

煬帝の頃（六世紀―七世紀初）には、すでに日本に呉音が伝わっていました。昔は孔子《こうし》のことを孔子《くじ》と呉音で呼んでいた時代があります。その後「こうし」と変りましたが、「ようだい」はそのまま呉音が現代に残ったのです。

桓武天皇の延暦十二年（七九三）、「以後漢文は漢音で読むべし」という布令が出されました。それで現代でも、たとえば明治天皇の「教育勅語」など詔勅類では、「兄弟《ケイテイ》に友《ユウ》に」とか、「上《ショウ》下《カ》心を一《イッ》にして」とか、漢音でがんばっています。

しかし「成就」を「セイシュウ」（漢音）でなく「ジョウジュ」（呉音）と読ませて、ミスを犯したりもしています。庶民の読みぐせの方が力が強いからです。

天皇家もあまり威張れたものではありません。

漢詩のパロディ――古代中国から現代日本まで

ただ今ご紹介いただいた一海（イッカイ）ですが、この大学でお話するのは二回（ニカイ）目です。一回目は「女性と漢詩」という題でお話しました。

今日は「漢詩のパロディ」という題名でお話をいたします。パロディというのは、英語の字引を引いてみますと、もじり詩文とか替え歌とか、まねごととか、書いてあります。日本語の辞書を引いてみますと、もう少し詳しい説明がありまして、よく知られている文学作品の文体や韻律を模し、まねをし、ですね、内容を変えて滑稽化、風刺化したものをいう、とあります。

たとえば俳句で言いますと、これはあまり有名じゃないんですが、「のどかなる　林にかかるお庭松」という句がありまして、それのパロディ、「のどが鳴る　早や死にかかる　鬼は待つ」。

漢詩を例にとって言いますと、最近友人が送って来てくれた『日本経済新聞』に、北海道のある高校の生徒が作ったという、次のような作品が載っていました。

茶髪三千丈
縁恋似箇娟

不知親心内
何処得豊艶
これを読み下しますと、
茶髪　三千丈
恋に縁《よ》って　箇《かく》の似《ごと》く娟《うるわ》し
知らず　親の心の内
何《いず》れの処より　豊艶《ほうえん》を得し
「豊艶」とは、今風に言えば「グラマー」。この詩を読めば、すこし漢詩を読んだことのある人なら、「ああこれは李白の白髪三千丈のパロディだな」と気づきます。
李白の詩は「秋浦の歌」という題の、次のような五言絶句です。
白髪三千丈
縁愁似箇長
不知明鏡裏
何処得秋霜
読み下し文になおしますと、
白髪　三千丈
愁いに縁《よ》って　箇《かく》の似《ごと》く長し

知らず　明鏡の裏《うち》
何れの処より　秋霜を得し

高校生にしてはなかなか良くできているなと感心したのですが、しかし、漢詩としてはやはり具合悪い所があるんですね。五言の五つの文字の区切り方、これは正しい。正しいのは当たり前で、つまり李白の詩の真似をしている。悪い点の一つはですね、韻を踏んでいないことです。漢詩っていうのは必ず偶数句の末尾で韻を踏むんです。二句目、四句目というふうに。一つの詩は必ず二句ずつが一ペアなんですね。中国には非常に古くからペアの思想があります。世の中の物は全部、陽と陰のペアでできている。男がいれば女がいる。天があれば地がある。右があれば左がある。前があれば後がある。雨が降ったら、また天気が来るんですね。自然現象から倫理に至るまで全てペアでできている。そういう発想が昔からあります。私は中国の人からよくお酒を貰うんですけど、大体二本ペアです。日本人はケチだから一本しかくれません（笑）。中国人はペアの贈り物をする、そういう発想がある。詩もまたペアでできていて、二句ずつ一セット。二句終わると、そこで切れるんですね。「金の切れ目が縁の切れ目」という言葉がありますが、韻の切れ目が意味の切れ目です。そこで一セットが終わるんですね。「国敗れて山河あり／城春にして草木深し」、二句で一セット。「時に感じては花も涙を濺《そそ》ぎ／別れを恨んでは鳥も心を驚かす」、二句ずつの一セットになっていまして、二句ずつで切れるんだということを示す為に、偶数句の最後で韻を踏む。韻というのは耳に残る音、後に残る響きなんですね。ある漢字を発音した時の後半の音、残る音、それが韻なんです。

響きの同じ漢字、すなわち同じ韻の字を、各偶数句末に置くこと、それを「韻を合わせる」「韻を踏む」あるいは「押韻」すると言います。ところで日本人が作った漢詩には、作者は韻を合わせているつもりなのでしょうが、実は韻が合っていないものがあります。たとえば結婚式場の「玉姫殿」の漢詩コマーシャル。一時はテレビでも流していたものですが、

青春巡夢人
愛情超時間
人生始結婚
佳日玉姫殿

これは次のように読ませるつもりでしょう。

青春　夢を巡らす人
愛情は　時間を超ゆ
人生は　結婚に始まる
佳日　玉姫殿

作者はご丁寧に、偶数句末だけでなく奇数句末でも、韻を合わせたつもりのようです。

人　間　婚　殿　　ジン　カン　コン　デン

たしかに四文字とも「ン」で終わっています。しかしこれをローマ字で書いてみますと、

jin　kan　kon　den

韻というのは、in　an　on　en　の部分をさすのですから、四字は全部ちがう韻の字で、これは韻を合わせたことになりません。

一時期、これもテレビで流されていた「どんでん」という商品のコマーシャルがありました。

「これなんでんねん」「どんでんでんねん」「どんでんでんねん」「どんでんでんてどんでんでんでんねん」

調子がよいので韻を踏んでいるように思ってしまいますが、ローマ字になおしてみると、そうでないことがわかります。

さて、高校生のパロディの詩にもどってみましょう。偶数句末は、娟と艶。娟の音は「ケン」あるいは「エン」、艶は「エン」。ローマ字になおすと、ken と en ですから、同じ韻の字かと思ってしまいます。しかし違う韻の字なのです。今の日本漢字音はもともと中国音なのですが、長い時間がたつうちに変化していますので、韻は漢和辞典で調べないと正確なことはわかりません。以上が高校生の漢詩の問題点の第一です。もう一つは漢語の問題です。日本と中国は同じ漢字を使い、そして同じ漢語をたくさん使っています。共通の漢語もいっぱいあるんですが、意味が全く違う漢語も、たくさんある。ご存じの方も多いと思いますが、例えば、中国語で「汽車」というのは「自動車」のことです。また中国語で「手紙」というのは、トイレットペーパーのことなんですね。そういう現代のことは、わりあい知られるようになっていますが、古典の中でも同様で、たとえば「故人」という言葉、日本語の「故人」は死んだ人しか言わないんですね。ところが中国語の「故人」は、生きている友達、昔からの友達のことをいう。生き死ににかかわりなく、昔なじみのことをいう。

それから「晩」。詩にでてくる「晩」という言葉は夕方を意味します。夕方の夕という字は、漢詩では晩です。逆なんでして、夕方が晩で、晩が夕方です。そういう微妙な違い、あるいは大きな違いがいろいろあるので、漢詩を作るときは、英語の詩を作る時に日本製の英語、例えば「ナイター」とか「OL」とかそんなものは詩の中では使ってはいけないのと同様、やはりちゃんとした漢語を使わないと、日本製漢語では駄目です。そういう点で言うと、例えば高校生の詩の中の「親心」という言葉はですね、これは中国では通用しない、意味が全然違ってくる。それとこの詩の題、『娘を憂う』というのだそうですが、古典語で「娘」というのは「おっかさん」という意味なんですね。だから中国人がこの題を読んだら、おっかさんが突然茶髪になったので心配していると、そういう意味に取られかねない。ですから、やはりちゃんとした漢語を使わないといけないということになります。

ところで実は日本では高校生がこんなふうにパロディの漢詩を作る以前にですね、江戸時代にすでに有名な漢詩をもじって作った作品がいくつもありますが、その中の一つをご紹介しましょう。

虚栗序　　宝井其角

翻手作雲覆手雨
紛紛俳句何須数
世不見宗鑑貧時交
此道今人棄如土

これは、次の詩のパロディです。

貧交行　　杜　甫

翻手作雲覆手雨
紛紛軽薄何須数
君不見管鮑貧時交
此道今人棄如土

宝井其角というのは江戸時代の俳句の作者で、その人が「みなしぐり」という芭蕉の句を集めた句集を出しまして、その序文を書いたのですが、序文の中にパロディの漢詩をのせているわけです。これの元になったのが杜甫の「貧交行」という作品です。「行」というのは歌という意味で、貧乏な交友の歌です。「貧交行」は有名な詩でありまして、そのまねをしてパロディ詩につくったのです。パロディを作る時は元の作品ができるだけ有名なものほど面白い、そうでないと余り面白味がない。例えば、歌にしろテレビなんかで歌のものまねをすることがありますね。宇多田ヒカルという人のまねをされても、私なんかは全然面白くない。なぜ面白くないかと言うと、宇多田ヒカルという人を全然知らないから、歌も聴いたことないしね。よく似てるか似てないか解らない。元の歌を知ってないと面白味がない。またたとえば、今の若い人は東海林太郎の歌まねをされても、誰も面白がらない。「東海林太郎て誰やろう」と、こう言う。これはトウカイリンタロウと読むのではなくて、三字が苗字でショウジタロウという昔の歌手なんですね。年寄りはその特徴を知っていて面白がるが、若い人には面白くない。

さて、杜甫の「貧交行」は、第三句目が字余りとなっていますが、これは普通の詩ではなく民謡調のものなので、字余りができているのです。訓読しますと、「手を翻《ひるがえ》せば雲となり手を覆《くつがえ》せば雨となる　紛紛たる軽薄何ぞ数うるを須《もち》いん　君見ずや管鮑《かんぽう》貧時の交わり　此《こ》の道今人棄つること土の如し」。簡単に申しますと、手を翻すと雲になり、それをまた元に戻すと雨になる。瞬時にして変化が起こるように世の中には軽薄な人物が多くて、すぐ心変わりをしたり、すぐ裏切ったりする。だから問題にもならない。

「君見ずや」というのは、君も知っているだろうという意味です。昔、管仲《かんちゅう》と鮑叔《ほうしゅく》という仲の良い友達がいたんですね。二人の仲の良さを表す言葉に「管鮑の交わり」という言葉があって、それを使っているわけです。管仲というのは後に総理大臣になる有名な人なんですが、若い頃の交わり、本当の友情で結ばれていた。ところが、「此道今人」、今の人たちはお互いの友情など土くれのようにすててしまって大切にしない。そういう嘆きの歌です。それのパロディとして、宝井其角が、「手を翻せば雲となり手を覆せば雨となる　紛々たる俳句何ぞ数うるを須いん　世に見ずや宗鑑《そうかん》貧時の交わり　此の道今人棄つること土の如し」と詠んだ。宗鑑というのは其角よりもっと先輩で、俳句の元祖みたいな人なんですが、その人も管鮑のような貧時の交わりがあった。「世に見ずや」というのは世の中にはそういうことがあるでしょう、という意味です。ごく一部を変えることによって、パロディの味を出す。その方法は江戸時代にも行われていた。これは日本だけでなくて、ベトナムでも漢詩のパロディが作られていたという事実があります。

清　明　胡志明

清明時節雨紛紛
籠裏囚人欲断魂
借問自由何処有
衛兵遥指弁公門

清　明　杜　牧

清明時節雨紛紛
路上行人欲断魂
借問酒家何処有
牧童遥指杏花村

「清明」という題の詩を二首示しましたが、後にあるのは杜牧という唐の終わり頃の有名な詩人の詩です。この人の作った「清明」という漢詩が元々あって、それのパロディをベトナムの大統領ホーチミン、漢字で書けば胡志明が作ったのです。

読み下してみますと、まず杜牧の詩、

清明の時節　雨紛紛《ふんぷん》
路上の行人　魂を断たんと欲す
借問《しゃもん》す　酒家　何《いず》れの処にか有る
牧童　遥かに指す　杏花《きょうか》の村

そして、ホーチミンのパロディ、

清明の時節　雨紛紛
籠裏《ろうり》の囚人　魂を断たんと欲す
借問す　自由　何れの処にか有る
衛兵　遥かに指す　弁公門《べんこうもん》

「清明」とは今の日本の陽暦で言いますと、四月の五日前後。その日は日本の彼岸の中日みたいなもので、みんな集まってピクニックみたいにご馳走を持ってお墓参りをする、家族団欒の日なんですが、旅人は一人で道を歩いている。「清明の時節雨紛紛」、雨がしきりに降る季節。「路上の行人」は、道を行く旅人。「魂を断たんと欲す」、さみしさに胸をしめつけられながら、道を歩いている。そこで一杯飲みたくなって、「借問」、ちょっと聞きたいのだが、「酒家いずれの処にか有る」、「酒家」とは飲み屋・料理屋・ホテルなどいろいろな意味があるのですが、この場合は飲み屋。この辺に飲み屋はないかと聞いた。聞いた相手は「牧童」、牛を連れた少年で、その少年は聞かれて何も言わず、だまって遥か彼方の杏《あんず》の花咲く村を指さした。あそこへ行けばありますよ。

これも大変有名な詩なので大阪とか神戸には、杏花村という名の中華料理屋があり、お店に入ると必ずこの詩の軸が掛けられている。そういう詩なんですが、この有名な詩を踏まえて作られたパロディが前の方の詩です。中国音で発音すると胡志明（Hú zhì míng）。若い人は馴染みがうすいかと思いますが、これはベトナムの大統領ホーチミンのことなのです。

中国で漢字が生まれたのは今から三千六百年くらい前で、それからキリストの生まれた前後に日本に漢字がやってくるのですが、そのちょっと前に朝鮮にもベトナムにも漢字が広がりました。ベトナム・朝鮮・日本には元々字がなかったものですから、漢字を使って日本なら日本語、朝鮮なら朝鮮語を書く、そういう時代が長く続きました。ただしベトナムの場合は今から百年ほど前に漢字を全廃して、全てローマ字にし、朝鮮の場合は五十年ほど前、日本が戦争に敗けたのち独立し、北朝鮮は一斉に漢字を廃止してハングルという独特の朝鮮文字で書くようになります。南の韓国も九〇％以上、新聞を見ても本当にとび石みたいにちょんちょんと漢字があるぐらいで、あとは全部ハングルで書いてある。ですから漢字文化圏（中国・ベトナム・朝鮮半島・日本）としては、四つの地域のうちいまだに漢字を使っているのは中国と日本だけということになりつつあります。しかし漢字を使って自国語を表記した時代が非常に長く、日本の江戸時代の知識人たちが漢詩を作ったように、ベトナムでも朝鮮でも、インテリたちは漢文・漢詩によって、自分たちの考えや感情を表現する、そういう時代が長く続くわけです。

ベトナムの胡志明は亡くなりましたが、日本で言うと明治生まれの人ですので、漢詩を作っていたわけです。この人は革命運動に参加していたのですが、中国の革命運動の同志たちと連絡するために中国へ密かに潜り込むのです。そしてその時に蒋介石の軍隊につかまりまして、牢屋に入れられたのです。そこで胡志明は何をしたかというと、日記の代わりに漢詩を作る。漢詩で日記を書く。それを『獄中日記』という名前で、出獄したのち出版するわけです。今読むと大変面白い漢詩がたくさんある。ベトナムの名前とか地名は漢字で表すことができます。例えば「河内」、これ日本では河内音頭の河内ですけど、中国音で Hé nèi と発音する。するとこれはハノイのことなんですね。ベトナムのハノイは漢字で書けるわけです。ベトナムという国の名前そのものが、漢字で書くと、「越南」となり、中国音で発音して Yuè nán になります。

そういうふうに漢字を使って生活していたものですから、日本人よりうまいぐらい漢詩が作れた。胡志明の「清明」の第一句は杜牧のそれと全く同じですね。「清明の時節雨紛紛」。そして「籠裏の囚人魂を断たんと欲す」、「籠裏」というのは牢屋の中です。牢屋に入れられている囚人とは自分のことですが、魂を断たんと欲す、家族団欒のこの日に牢屋で一人で過ごしている。「借問自由何処有」、飲み屋でなくて「自由」なんですが、一体自由は何処に有るのかと、刑務所の役人に聞く。すると刑務所の衛兵が、「遥かに指す弁公門」、刑務所の門を指す、あの門を出て行けば自由があるよ、その代わりそのためには自白するんだなと、そういうことが裏にあるわけですね。しかし自分は絶対に自白しない、そういう気持ちを裏に込めてパロディ詩を作った。現代の日本、あるいは江戸時代の日本、あるいは現代のベトナムで、こういうパロディの漢詩が作られているわけですが、実は元々中国でですね、パロディの長い歴史がありまして、初めは別に冗談ではなく真面目な替え歌みたいなものが作られた時代があるんですね。その歴史は大変長いのです。

李白や杜甫が活躍した唐の前に、六朝《りくちょう》時代という六つの王朝が次から次へと交代した時代があって、その六つの王朝の一つに梁《りょう》という国がありました。五世紀から六世紀です。江淹《こうえん》という詩人がいまして、この人が雑体詩という三十首の詩を作りました。有名な『文選《もんぜん》』という本に載っています。これは全体として擬古詩とよばれています。擬というのは、なぞらえる、まねる、そういう意味なんですね。擬態という言葉がありますけど、虫が死んだまねをする、これを擬態という、何かのまねをする、なぞらえる、そういう意味です。古詩という言葉には三つ意味がありまして、一つは古い詩のこと。古ければ何でも古詩なんです。ところが第二に特定の作品をさして古詩という場合があります。「文選」に出てくる古詩十九首の古詩。中国の詩は最初一行四字で始まったのですが、それから途中五字に変わりまして、その後ほとんど五字の詩と七字の詩ばかりになってしまいます。その五言詩が生まれた最初の作品、それが十九首残ってまして、古詩十九首と言います。この場合の「古詩」は、最初の五言詩という意味ですね。三番目は、唐になってから新しいスタイルの詩が生まれ、それを近体詩と言います。僕達が普通知っている漢詩は近体詩が多い。絶句とか律詩というのは形の整った詩のことで近体詩と言うのですが、それ以前の詩のことを古詩と言います。このように「古詩」には三種類の意味があるのですが、江淹の「擬古」の「古」は、江淹以前の「古い」詩のことです。

こういう詩人がいましたよ、ということを人々に示すために、擬古詩というものが作られた。そのうちの一首に陶淵明の作品になぞらえたものがあります。陶淵明の使った言葉を使いながら詩を作ってみようと、そういう試みが行われているわけですね。

これは全十四句からできているのですが、各句に番号を打ちました。そしてうしろに江淹がもとづいたと思われる陶淵明の詩を二句ずつピックアップしてみました。

1　種苗在東皐　　苗を種《う》えて東皐《とうこう》に在り
2　苗生満阡陌　　苗　生じて　阡陌《せんぱく》に満《み》てり
3　雖有荷鋤倦　　鋤《すき》を荷《にな》いて倦《う》むこと有りと雖も
4　濁酒聊自適　　濁酒もて聊《いささ》か自ら適《かな》えり
5　日暮巾柴車　　日暮れて柴車《さいしゃ》に巾《きん》すれば

6　路闇光已夕　路は闇《くら》くして光は已《すで》に夕《お》ちぬ
7　帰人望煙火　帰人は煙火を望み
8　稚子候檐隙　稚子は檐隙《えんげき》に候《ま》てり
9　問君亦何為　君に問う　亦何の為ぞと
10　百年会有役　百年　会《かなら》ず役有り
11　但願桑麻成　但願うらくは　桑麻《そうま》の成りて
12　蚕月得紡績　蚕月《さんげつ》に紡《つむ》ぎ績《つむ》ぐを得んことを
13　素心正如此　素心は正に此《かく》の如し
14　開逕望三益　逕《みち》を開いて三益を望《ま》たん

1　種豆南山下　草盛豆苗稀
3　晨興理荒穢　帯月荷鋤帰
5　或命巾車　或棹孤舟
8　僮僕歓迎　稚子候門
9　問君何能爾　心遠地自偏
11　相見無雑言　但道桑麻長
13　聞多素心人　楽与数晨夕

14　三逕就荒　松菊猶存

始めに江淹の詩の全体を読んでみます。大体の意味を申し上げますと、東の丘に苗を植えた。苗は道いっぱいに成長した。「鋤を荷いて倦むこと有りと雖も」、百姓仕事をしていると疲れることもあるけれども、しかし家に帰って濁り酒を飲めば気分も慰められる。「日暮れて柴車に巾すれば」、これは薪を積んだ車に覆いをかけること、そして、「路は闇くして光は已に夕《お》ちぬ」。「帰人」は帰る人、自分のことですね、「煙火を望む」、これは炊事の煙ですが、家に帰り着くまでに家の炊事の煙を望み見る。すると小さな子供たちが軒下で待っている。「君に問う亦何の為ぞと」どうしてこんな苦労をしているのかと聞かれる。百年というのは人生、人の一生のことを言うんですね。日本人は慎み深いんで五十年と言いますが、中国人は大昔から人生百年と言う。最大限に生きれば百歳というわけです。百年という言葉はすなわち一生という言葉と同じ意味で使われる。一生には必ずその人の成すべき仕事がある、それぞれに与えられた意味がある、だからやってるんだというのです。

「但願うらくは桑麻の成りて」、植えた桑や麻が成長して、「蚕月」、蚕の月（旧暦の四月）に糸を紡ぐことが出来るように。「逕を開いて三益を望たん」、これは隠者の生活をする人が自分の庭に道を作る、その道は一般の道ではない。ですから隠者としての生活を始めてというのが、逕を開いてということ。「三益」というのは友達のことで、友達は三つの利益を自分に与えてくれる。『論語』の中に出てくる言葉なんですが、友達は正しいことを教えてくれる、人間は誠実でないといかんということを教えてくれる、そして知識を与えてくれる。そういう三つの利益を与えてくれるのが友達だということで、「三益を望《ま》たん」、友達が来るのを待ち望んでいるという意味です。

全体としては一応意味の通った詩なんですね。ところがそれぞれ使っている言葉は、ほとんどが陶淵明の詩に見える言葉です。例えば第一句は陶淵明の「種豆南山下　草盛豆苗稀」にもとづいています。役人をやめて田舎へ帰ったときの詩です。次に、三句目「晨興理荒穢　帯月荷鋤帰」、朝早く起き荒れた畑を整えて、月を帯び鋤を荷いて帰る。それから五句目は「或命巾車或棹孤舟」、陶淵明が隠遁をする時の有名な「帰去来の辞」をふまえている。八句目の小さい子供が軒下で待っているというのも、同じ「帰去来の辞」の中に「僮僕歓迎」、自分が役人を辞めて故郷に帰ってきたら、召使たちが喜び迎え、子供たちが門のところで私の帰りを待っている、それをそのまま使っているんですね。九句目の「君に問う」という言葉もそのまま「飲酒」という詩のなかに見える。隠者であるのに山や林の中に住まないで街の中に住んでいる。なぜ街に住んでるのにガヤガヤと騒がしくないのかと聞かれて、気持ちが俗世間から離れていれば、土地もおのずから静かになるのだ、と答えているんですね。十一句目の「但願うらくは　桑麻の成りて」は、桑と麻の成長について、やはり田舎に帰ったときの詩に「相見無雑言　但道桑麻長」、話題にするのは桑や麻の成長だけであるという句にもとづいている。十三句目の「素心」というのは「移居」、引っ越しの詩に出てきます。十四句目がもとづいている句は、隠居用の庭の三本の道は草むして荒れているけれど、松と菊は健在である、という意味ですね。やはり「帰去来の辞」に見える句です。

このように古詩をふまえて作った詩が中国には昔からある。この伝統が中国的なパロディの始まりなんです。

最後に私が最近作ったパロディをご紹介しましょう。

杜甫の「曲江」という詩に、次のような句があります。

酒債尋常行処有
人生七十古来稀

読み下しますと、

酒債　尋常　行く処に有り
人生七十　古来稀《まれ》なり

杜甫は当時みやこ長安で役人生活を送っていましたが、いつも心みたされず、勤め帰りには着物を質に置いて飲みに行き、へべれけに酔っ払って家に戻る。そのため「酒債」、飲み屋のつけ、借金は、「尋常」、当たり前のことで、「行く処に有り」、行く先々にある。しかしそれも仕方がないではないか。この人生、七十まで生きられるのは、古来まれなんだから。七十歳のことを「古《こ》稀《き》」というのは、この詩にもとづいています。

私はこの二句の順序をひっくり返して、「古来稀なり」を「近来多し」と改めてみました。

人生七十　近来多し

酒債　尋常　行く処に有り

近頃は七十歳の人など掃いて捨てるほどいる。私も七十になったが元気一杯、毎晩飲み歩いているので、飲み屋のつけは当たり前のこと、行く先々で借金だらけ。

こういうパロディから入ってでもよいから、若い人たちが漢詩に親しむようになることを、私はのぞんでいます。

玉碗盛り来たる琥珀の光——酒を讃える詩

「酒百薬之長——酒は百薬の長」という言葉がある（『漢書《かんじょ》』食貨志）。

この場合の「百」は、「多くの」「さまざまな」というより、「すべての」「あらゆる」の意に近いのではないか。

どんな薬よりも、酒が一番。

その証拠となるかどうか。「医」の旧字体は「醫」。そこには「酒」を表す「酉」の字が含まれている。「醫家」にとって、「酒」はまず第一に常備すべき薬だったのである。

「酉」の字にサンズイへんがつくと、「酒」。そして、

酌　酔　酪　酊　酎　酢　酬
醗　酵　醸　醪　醒　醴　醺

と、「酉」を部首とする字は、すべて「酒」に関係する。

「酉」は酒壺・徳利の形を表す絵文字だという。

ところで、百薬の長といわれた酒は、古来人間にとって体の病いを癒やす薬であるとともに、

心の病いを癒やす最良の薬でもあった。

酒の功徳

その酒の功徳《くどく》を讃《たた》えた最初の作品は、竹林の七賢の一人、晋《しん》の劉伶《りゅうれい》（字《あざな》は伯倫《はくりん》、三世紀の人）の「酒徳頌《しゅとくしょう》」（『文選《もんぜん》』所収）だといわれる。

「酒徳頌」は、大人《たいじん》先生という架空の大酒飲みを登場させ、その世俗を超越した豪快な飲みっぷりを紹介する。

「坐っていれば大盃やぐい呑みを手にし、出かけるときは酒樽や徳利をぶらさげ、酒だけがわがつとめと心得、他のことは気にもかけなかった」。

先生の評判をきいてこれはけしからぬと、二人の堅物《かたぶつ》が面会を求め、「礼法」を盾にはげしく論難した。

先生、聞いているのかいないのか、「酒がめをかかえて枡《ます》に受け、杯をふくんで濁酒《どぶろく》を口に流しこみ、……何の頓着《とんじゃく》もなく陶然と楽しげであった」。

二人の堅物は歯がたたず、結局「ミイラ取りがミイラになってしまった」。酒飲みの仲間に加わったのである。

劉伶のこの「酒徳頌」が、中国で最初に酒の功徳を讃えた代表的な作品であること、少なくとも人々の間でそう信じられていたことは、唐の詩人白楽天《はくらくてん》（名は居易《きょい》、七七二―八四六）の短い韻文「酒功賛《しゅこうさん》」を読めばわかる。

その序文にいう。

——晋《しん》の建威《けんい》将軍の劉伯倫《りゅうはくりん》、酒を嗜《この》み、「酒徳頌」有りて世に伝わる。唐の太子賓客白楽天、亦《ま》た酒を嗜み、「酒功賛」を作りて以てこれを継ぐ。其の詞に云う。

「其の詞」は、ただ酒の効能を口をきわめて讃えるだけで、別に人の意表を衝くようなことは述べていない。ところが末尾に至って、読者の意表を衝く。

——吾、常《かつ》て終日食らわず、終夜寝《い》ねず、以て思うも益《えき》なし。且《か》つは飲むに如《し》かざるなり。

なぜこれが意表を衝くのか。実はこの一文、『論語』の一節のパロディなのである。

——吾、嘗《かつ》て終日食らわず、終夜寝ねず、以て思うも益なし。学ぶに如かざるなり。

過去の中国の知識人たちにとって、『論語』は聖典中の聖典だった。その聖典をパロディで茶化せるのも、酒の功徳さ、と白楽天は言いたかったのだろうか。

詩経から陶淵明へ

さて、詩の世界で酒の功徳を讃えることは、遠く『詩経《しきょう》』に遡《さかのぼ》る。中国最初の詩集に、すでに酒を讃える作品が登場するのである。しかし『詩経』の詩は、たとえば「大雅《たいが》・鹿鳴《ろくめい》」の詩に、

我有旨酒　　我《われ》に旨《うま》き酒《さけ》有《あ》り

以燕楽嘉賓之心　　以《もっ》て嘉賓《かひん》の心《こころ》を燕《えん》（宴《えん》）楽《らく》せしむ

というように、うたうのはおおむね宴会の席での酒である。

個人の飲酒がさかんにうたわれるようになるのは、漢以後、とりわけ三国・六朝《りくちょう》、そして唐以後であろう。酒の詩人の双璧と呼ばれる陶淵明《とうえんめい》（三六五—四二七）と李白《りはく》（七〇一—七六二）が現れるのも、六朝、そして唐代である。

その陶淵明は、「篇篇《へんぺん》酒有り」（梁《りょう》・昭明太子蕭統《しょうめいたいししょうとう》「陶淵明集序」）といわれるほど酒を詠じているが、淵明の酒はおおむね静かな酒である。それに対して、一方の李白の酒は豪放、きわめてにぎやかな酒である。そのことは、これから紹介する作品群がおのずから証明するだろう。

ところで人々が酒を好み、酒を讃えた理由の第一は、それが「忘憂の物」、すなわち人生のさまざまな愁《うれい》を消す、何物にもかえがたい名薬だったからだろう。そのことは、すでに漢代の楽府《がふ》「西門行」が、次のようにうたっている。

醸美酒　美酒《びしゅ》を醸《かも》し
炙肥牛　肥牛《ひぎゅう》を炙《あぶ》り
請呼心所懽　心《こころ》に懽《よろこ》ぶ所《ひと》を請《まね》き呼《よ》び
可用解憂愁　用《もっ》て憂愁《うれい》を解《と》く可《べ》し

また三国・魏《ぎ》の曹操《そうそう》（一五五—二二〇）の楽府「短歌行」はうたう。

対酒当歌　酒《さけ》に対《たい》して当《まさ》に歌《うた》うべし
人生幾何　人生《じんせい》　幾何《いくばく》ぞ

…………

何以解憂　何《なに》を以《もっ》て憂《うれい》を解《と》かん
惟有杜康　惟《た》だ杜康《とこう》有《あ》るのみ

「杜康」とは、最初に酒を造ったといわれる人物の名。転じて、酒の異名。かの陶淵明もまた「酒は能《よ》く百慮《ひゃくりょ》を祛《はら》う」（「九日閑居」）といい、さらに次のようにもうたう（「斜川《しゃせん》に遊《あそ》ぶ」）。

提壺接賓侶　壺《つぼ》を提《さ》げて　賓侶《ひんりょ》を接《せっ》し
引満更献酬　満《まん》を引《ひ》きて　更《こも》ごも献酬《けんしゅう》す
未知従今去　未《いま》だ知《し》らず　今《いま》より去《さ》りて
当復如此不　当《まさ》に復《ま》た此《かく》の如《ごと》くなるべきや不《いな》やを
中觴縦遥情　中觴《ちゅうしょう》　遥《はる》かなる情《じょう》を縦《ほしいまま》にし
忘彼千載憂　彼《か》の千載《せんざい》の憂《うれい》を忘《わす》れん
且極今朝楽　且《か》つは今朝《こんちょう》の楽《たの》しみを極《きわ》めよ
明日非所求　明日《みょうじつ》は求《もと》むる所《ところ》に非《あら》ず

李白から蘇東坡へ

そしてあの豪放な李白にとっても、飲酒は忘憂の手段であった。その「将進酒《しょうしんしゅ》――将《まさ》に酒を進めんとす」（七言歌行）にいう。

五花馬　　五花《ごか》の馬《うま》
千金裘　　千金《せんきん》の裘《かわごろも》
呼児将出換美酒　　児《じ》を呼び将《も》ち出《い》だして　美酒《びしゅ》に換《か》えしめ
与爾同銷万古愁　　爾《なんじ》と同《とも》に銷《け》さん　万古《ばんこ》の愁《うれい》

そして「月下独酌」（五言古詩、四首の第四）でも、

窮愁千万端　　窮愁《きゅうしゅう》　千万端《せんばんたん》
美酒三百杯　　美酒《びしゅ》　三百杯《さんびゃっぱい》
愁多酒雖少　　愁《うれい》多《おお》くして　酒《さけ》少《すくな》しと雖《いえど》も
酒傾愁不来　　酒《さけ》を傾《かたむ》くれば　愁来《うれいき》たらず
所以知酒聖　　酒《さけ》の聖《せい》なるを知《し》る所以《ゆえん》なり
酒酣心自開　　酒《さけ》酣《たけなわ》にして　心《こころ》自《おのずか》ら開《ひら》く

唐の詩人白楽天《はくらくてん》は、あまりいける口ではなかった。しかし酒をうたった詩は少なくない。下戸にとって、少量の酒も「忘憂の物」だったのである。

「酒に対す」と題する詩（七言絶句）では、次のようにうたう。

無如飲此銷愁物　　此《こ》の愁《うれい》を銷《け》す物《もの》を飲《の》むに如《し》くは無《な》し
一餉愁消直万金　　一餉《たちまち》にして愁《うれい》は消《き》え　万金に直《あたい》す

宋代の詩人蘇東坡《そとうば》（名は軾《しょく》、一〇三六—一一〇一）もやはり下戸だったが、酒は好きだったらしい。「薄薄酒《はくはくしゅ》」（七言歌行、二首の第一）にいう。

不如眼前一酔　如《し》かず　眼前《がんぜん》の一酔《いっすい》
是非憂楽両都忘　是非憂楽《ぜひゆうらく》　両《ふた》つながら都《すべ》て忘《わす》る

このように詩人たちは、人間一生のもろもろの憂愁や、有限の人生への恐れなどを消してくれる、何物にもかえがたいものとして酒を好み、酒を讃美してきた。

天を忘る

酒はさらに、忘憂の物であるにとどまらず、人を忘我の境地に誘い込み、時に空想の世界、仙界にまで案内してくれる。

李白の「月下独酌」（五言古詩、四首の第三）はいう。

酔後失天地　酔後《すいご》　天地《てんち》を失《うしな》い
兀然就孤枕　兀然《こつぜん》として孤枕《こちん》に就《つ》く
不知有吾身　吾《わ》が身《み》有《あ》るを知《し》らず
此楽最為甚　此《こ》の楽《たの》しみ　最《もっと》も甚《はなは》だしと為《な》す

「兀然」は、前後不覚のさま。劉伶の「酒徳頌」に、「兀然として酔い、豁爾《かつじ》として醒《さ》む」と見える。

同じ李白の「客中行」（七言絶句）はいう。

蘭陵美酒鬱金香　　蘭陵《らんりょう》の美酒《びしゅ》　鬱金香《うっこんこう》
玉碗盛来琥珀光　　玉碗《ぎょくわん》盛《も》り来《き》たる　琥珀《こはく》の光《ひかり》
但使主人能酔客　　但《た》だ主人《しゅじん》をして能《よ》く客《きゃく》を酔《よ》わしむれば
不知何処是他郷　　知《し》らず　何《いず》れの処《ところ》か是《こ》れ他郷《たきょう》なるを

酔うてしまえば、故郷も他郷も知ったことか、というわけである。
また陶淵明の「連雨独飲」にいう。

故老贈余酒　　故老《ころう》　余《よ》に酒《さけ》を贈《おく》り
乃言飲得仙　　乃《すなわ》ち言《い》う　飲《の》まば仙《せん》を得《え》んと
試酌百情遠　　試《こころ》みに酌《く》めば　百情遠《ひゃくじょうとお》く
重觴忽忘天　　觴《さかずき》を重《かさ》ぬれば　忽《たちま》ち天《てん》を忘《わす》る

下戸の詩人たち

ところで、酒の功徳を讃えるのは、李白のような大酒飲みだけの特権ではない。たしかに李白が酒をうたい酒を讃える詩句、「百年三万六千日、一日須《すべから》く三百杯を傾くべし」（「襄陽《じょうよう》の歌」）、「三百六十日、日日酔うこと泥の如し」（「内《つま》に贈る」）、「酔い来たって空山に臥《が》すれば、天地は即ち衾《しとね》と枕なり」（「友人と会宿す」）、「玉碗盛り来たる琥珀の光」（「客中行」）などは、まことに豪放、豪華で小気味よい。

しかしながら、さきに少しふれた白楽天や蘇東坡などは、いわば下戸に属するつつましい酒飲みだけれども、酒を讃えることにかけては人後に落ちない。

宋代の詩人陸放翁《りくほうおう》（名は游《ゆう》、一一二五―一二一〇）は、「舟中大酔して偶《たま》たま長句を賦《ふ》す」などという一連の詩を読めば、どんな大酒飲みかと思ってしまうが、彼もまた下戸である。そのことは、「平生酒を愛するも小戸《しょうこ》なるを恨む」（「両日、意殊《こと》に懌《よろこ》ばず云々」）という句や、「予《よ》、好んで酒を把《と》るも、常に小戸なるを以て苦しみと為す」という詩題などによってわかるのだが、しかし「小戸」ではあるが「平生酒を愛し」、「好んで酒を把《と》る」日々を送っていたのであり、酒を讃える詩に事欠かない。

酒と詩

このように詩人たちは、酒を讃える多くの詩を作ってきた。彼らにとって、人生における一杯の酒は、たとえば李白が楽府「行路難《こうろなん》」（三首の第三）で、

且楽生前一杯酒　且《か》つは楽《たの》しまん　生前一杯《せいぜんいっぱい》の酒《さけ》
何須身後千載名　何《なん》ぞ須《もち》いん　身後千載《しんごせんざい》の名《な》

とうたい、杜甫《とほ》（七一二―七七〇）が、「絶句漫興《ぜっくまんきょう》」（七言絶句、九首の第四）の中で、

莫思身外無窮事　思《おも》う莫《な》かれ　身外無窮《しんがいむきゅう》の事《こと》

且尽生前有限杯　且《か》つは尽《つ》くせ　生前有限《せいぜんゆうげん》の杯《さかずき》

といい、白楽天が「酒を勧《すす》む」（七言絶句）で、

身後堆金拄北斗　身後《しんご》　金《かね》を堆《つ》んで北斗《ほくと》を拄《ささ》うるは
不如生前一樽酒　如《し》かず　生前一樽《せいぜんいっそん》の酒《さけ》

とうたうように、何物にもかえがたい人生の「価値」であった。

ところで、詩人たちは酒の詩を作りつづけてきたが、その酒がまた詩人たちに詩を作らせてきた。杜甫が「惜しむ可《べ》し」（五言律詩）の中で、

寛心応是酒　心《こころ》を寛《くつろ》がすは　応《まさ》に是《こ》れ酒《さけ》なるべく
遣興莫過詩　興《きょう》を遣《や》るは　詩《し》に過《す》ぐる莫《な》し

とうたうように、「酒」と「詩」は、過去の中国の知識人たちにとっても最も親しく別れがたい「二人の友」であった。そしてまた、「酒」は「詩」を生む源泉の一つでもあった。唐の詩人張《ちょう》説《えつ》（六六七―七三〇）はうたっている（「酔中の作」、五言絶句）。

酔後楽無極　酔後《すいご》　楽《たの》しみ極《きわ》まり無《な》し
弥勝未酔時　弥《いよ》いよ勝《まさ》る　未《いま》だ酔《よ》わざる時《とき》に
動容皆是舞　動《うご》く容《すがた》は　皆是《みなこ》れ舞《まい》
出語総成詩　出《い》だす語《ことば》は　総《すべ》て詩《し》と成る

折り句は楽し

かつて私は「折込漢詩」と題して、次のような短文を書いたことがあります（『日中友好新聞』二〇〇一年十二月十五日号、「漢語の散歩道」二四七回、のち二〇〇五年岩波書店刊『漢語四方山話』所収）。

「折り込み都々逸《どどいつ》」なるものがあり、いわゆる「雑俳」にも「折込」と称するものがある。そして和歌には「折句」というものがあって、『日本国語大辞典』（小学館）によれば――仮名書きで五字の語句を、各句の頭に一字ずつよみ入れたもの、という。ところで、漢詩にも「折句」、すなわち特定の言葉を一首の中に詠み込んだ、いわば「折込漢詩」があることを知ったのは、昨年中国を旅行した時だった。

客が自分の姓名を紙に書いて渡すと、毛筆を握った店のあるじが、ハッタと中空を睨むこと暫時、やがてサラサラと一首の詩を書き上げる。この間、何と十分前後。恐るべき早技である。詩型は、最も作りやすい七言絶句が多いようだ。書き上げるとただちに仮表装して、包んでくれる。
主として日本人相手の商売だろう。「お名前は?」「ブッシュ」、では、漢詩になるまい。この夏、中国土産だと言って「折込漢詩」の軸をくれた若い友人がいた。私の経歴などを少し説明して、書かせたらしい。

一心為国育群芳
海外桜花遍地香
知識淵博彭沢令
義山佳訓永伝揚

なるほど各句の頭の字を右から読むと、私の姓名「一海知義」となる。四句を読み下してみると、まず第一句、

一心　国の為《ため》に　群芳を育《はぐく》む

群芳は、優秀な若者たち。私は国のために教師をしたつもりは毛頭ないが、そこはお国柄のちがいであろう。中国では教育は、お国のためにつくす若者たちを育てる事業である。そして第二句、

海外の桜花　地に遍《あまね》く香《かお》らん

大学を巣立ち海外で活躍している、私の教え子たちのことを言うのだろう。そして第三句、

知識淵博　彭沢《ほうたく》の令

彭沢県の県令は、陶淵明。知識該博な淵明の如き先生、と私のことを持ち上げている。そして末句、

義山の佳訓　永く伝揚せん

義山は、唐の詩人李商隠のことだろうが、佳訓は何をさすのか。ともあれ「ほめ殺し」の一首である。そこは「商売、商売」、と言うところか。

この文章が活字になってから四か月後、『朝日新聞』（二〇〇二年四月八日号）に、「折り句は楽し」という次のような記事が載りました。

「折り句」という俳諧をご存じですか。まず、かな三文字の言葉を決め、その一文字ずつを五七五の頭にして詠む句のことです。題が「あやめ」なら、「あちこちに柳川の堀芽吹く春（あちこちにやながわのほりめぶくはる）」という具合。あやめと関係なくても構いません。「アハハハと自棄気味大笑目に涙（あはははとやけぎみたいしょうめになみだ）」という、ちょっと人生を思う句もつくれます。

これは「折り句の会」というサークルを作って楽しんでいる、林梓生という方の文章を引用したもので、林さんはまた次のようにも言っています。

「三字の制約のなかで、いかに己の人生観や哲学を盛り込むか。始めてみると奥が深くて興味は尽きません。みなさまも挑戦してみませんか」。

私は「人生観や哲学」などという深刻なことまでは考えませんでしたが、これは面白そうだと思い、さっそく試作してみました。

じだい（時代）
じしょく（辞職）せず
だいぎし（代議士）やめず
いなお（居直）りぬ

おとこ（男）
お（惜）しまれて
とわ（永遠）に消えたる
こぶし（古武士）哉

これらは、林さんも言われるように俳諧（あるいは川柳）ですから、五七五と三句でないといけないのですが、最近の私は三字や五七五にこだわらず、もっと自由に、バラエティを持たせて楽しんでいます。

たとえば、「こいずみ（小泉）五題」。

こんなになっても支持する人が
いまだにいるとは不思議だね
ずいぶん
みなさん辛抱強い

こんな奴かと
いまごろ気づき
ずっと支持した
みじめさよ

これでも総理か
いつでもひと事
ずるい奴だよ
みんなをだまして

こまった人だよ
いきおいだけかよ
ずっこけたあと
みじめな末路か

こいずみ人気はいつまで続く
いまではメッキもはげてきて
ずり落ちるのは
みから出たサビ

不愉快なことの多い世相の中で、「折り句」をひねっているとストレスの解消になります。みなさんも始めてみませんか。

中国反戦詩の伝統――古代から「原爆行」まで

今から二千年も前、漢の時代の話である。

中国のある大きな河の渡し場に、霍里子高《かくりしこう》という名の男が住んでいた。朝早く舟をこぎ出してふと気がつくと、しらが頭の老人が、酒壺を手に髪ふり乱して、河を渡ろうとしている。河岸の方に目をやると、老人の妻らしき婆さまが、息せききって追って来る。

「爺《とっ》つぁまよー、河を渡るでねえぞー」

だが爺さまは、ズブズブと河の中に入って行き、深みにはまって死んでしまった。

岸辺にへたり込んだ婆さまは、悲しみに打ちひしがれて、箜篌《くご》（竪琴）を弾きながら次のような歌をうたった。

河を渡るな

公無渡河　公《こう》よ　河《かわ》を渡《わた》る無《な》かれ
公竟渡河　公《こう》は竟《つい》に河《かわ》を渡《わた》り
堕河而死　河《かわ》に堕《お》ちて死《し》す
将奈公何　将《まさ》に公《こう》を奈何《いか》にせんとす

「ああ、どうすればいいのか」。婆さまはこううたい終ると、自分も河に身を投げて、死んでしまった。

一部始終を見ていた子高は、家に帰って、妻の麗玉《れいぎょく》に話して聞かせた。妻は悲しみに胸を痛め、箜篌を取ってその歌にふしをつけ、繰り返しうたった。「箜篌の引《うた》」と名づけられたその歌は、広く人々の間に伝わって行ったという。

この話は、晋《しん》の崔豹《さいひょう》の『古今注』という書物に見える（『楽府《がふ》詩集』巻二十六引）。崔豹は爺さまのことを「狂夫」と言っているが、なぜ狂人になったのかは、書いていない。爺さまが狂ったのは、あるいは戦争が原因だったのではないか。あまりにも長い間、兵隊にとられていたためではないか。

そう思ってしまうのは、同じ漢代に、次のような詩があるからである。

十五で従軍

題して「十五従軍征――十五にして軍に従いて征《ゆ》く」。数え年十五といえば、今の中学二年生である。すこし長いので、四句ずつ区切って読む。

十五従軍征　十五《じゅうご》にして　軍《ぐん》に従《したが》いて征《ゆ》き
八十始得帰　八十《はちじゅう》にして　始《はじ》めて帰《かえ》るを得《え》たり
道逢郷里人　道《みち》に郷里《きょうり》の人《ひと》に逢《あ》う
家中有阿誰　家中《かちゅう》　阿誰《あすい》ありや

十五の時に出征して、八十になってやっと帰れた。六十五年間、軍隊にとられていたことになる。

道で故郷の人に出会い、たずねてみた。

「私の家では、誰が生きていますかね」。「阿誰」は、「誰」の俗語的表現。

相手は、直接それには答えず、かなたを指さして、こう言った。

「あそこに見えるのが、お前さまの家ぞ」

遥望是君家　遥《はる》かに望《のぞ》むは　是《こ》れ君《きみ》が家《いえ》なり
松柏冢累累　松柏《しょうはく》　冢《つか》　累累《るいるい》たり
兎従狗竇入　兎《うさぎ》は狗《いぬ》の竇《あな》より入《い》り

雉従梁上飛　雉《きじ》は梁《はり》の上《うえ》より飛《と》ぶ

「あれがお前さまの家ぞ」と言われた場所には、松と柏《このてがしわ》が茂り、墓石がごろごろと見える。松と柏は、墓地に植えられる樹だ。わが家は墓地になってしまったのか。そばまで行くと、家の跡は残っており、犬用の塀の穴からは、野兎が出入りし、くずれた天井の梁の上から、雉が飛び立つ。

荒れ果てたわが家は、今は彼らの棲み家か。

老人はしばらく立ちすくんでいたが、やがて行動を起こす。

中庭生旅穀　中庭《ちゅうてい》には　旅穀《りょこく》生《しょう》じ

井上生旅葵　井上《せいじょう》には　旅葵《りょき》生《しょう》ず

烹穀持作飯　穀《こく》を烹《に》て　持《も》ちて飯《めし》を作《つく》り

采葵持作羹　葵《き》を采《と》りて　持ちて羹《こう》を作る

「中庭」は、庭の中。「井上」は、井戸のまわり。「旅穀」「旅葵」の「旅」は、「野生の」というほどの意。古い書物の注に、「旅は寄なり。播種《はしゅ》に因らずして生ず」とある。従って旅穀は、自然に生えている麦か何かの穀物。旅葵は、種を播《ま》かぬのに生えている野菜。

その穀物で飯を炊き、菜っ葉で汁を作った。

羹飯一時熟　羹飯《こうはん》　一時《いちじ》に熟《じゅく》せるも

不知貽阿誰　知《し》らず　阿誰《あすい》に貽《おく》るかを

出門東向望　門《もん》を出《い》でて　東《ひがし》に向かって望《のぞ》めば
涙落沾我衣　涙落《なみだお》ちて　我《わ》が衣《ころも》を沾《うるお》す

汁と飯はまもなくできあがった。しかしさて、これを誰にすすめ、誰といっしょに食べればよいのか。相手は、いない。

仕方なく、くずれた門から外に出て、東に向かってかなたを眺める。涙があふれて、着物をぬらした。

民間の歌謡と詩人の詩

以上紹介した二首は、ともに楽府《がふ》と呼ばれる民間の歌謡である。

これを文字に定着させたのはインテリたちだろうが、そこには民衆の思いが色濃く映し出されている。

戦争で犠牲になるのは、常に民衆である。従って、民衆の側から戦争をうたえば、おのずから反戦、厭戦の歌にならざるを得ない。

それら民間歌謡の形式と内容は、やがて高名な詩人たちによって受けつがれ、少なからぬ作品を生む。

たとえば、漢代の楽府に「戦城南――城《まち》の南に戦う」という一首があるが、唐の李白（七〇一―七六二）は同題の楽府を作っている。

この「もとうた」と李白の作品は、本誌特集でもとりあげられているが、そのほかにもこの特集が紹介する高名な詩人の作品として、戦乱の中でわが子を棄てねばならなかった母親のことをうたう、魏《ぎ》の王粲《おうさん》（一七七―二一七）の「七哀」詩、杜甫（七一二―七七〇）の出征兵士を送る歌「兵車行」、徴兵を拒否した老人の物語、白楽天（七七二―八四六）の「新豊の臂《うで》を折りし翁《おきな》」、唐末の喪乱を体験した女性をうたう韋荘《いそう》（八三六―九一〇）の長編叙事詩「秦婦吟《しんぷぎん》」、などがある。

しかし、戦争の悲惨をうたったのは、こうした高名な詩人たちだけではない。いわば無名の、マイナーポエットと呼ばれる歴代の詩人たちも、さまざまな角度から戦乱による民衆の悲劇をうたっている。

一将功成って万骨枯る

たとえば、これも唐末の詩人曹松《そうしょう》（八三〇?―九〇一）の七言絶句「己亥の歳《きがい》」。己亥は、八七九年。その数年前から、やがて唐帝国を崩壊にみちびく黄巣《こうそう》の乱が、起こっていた。

沢国江山入戦図　沢国《たっこく》の江山《こうざん》　戦図《せんと》に入《い》る
生民何計楽樵蘇　生民《せいみん》　何《なん》の計《けい》あってか　樵蘇《しょうそ》を楽《たの》しまん
憑君莫話封侯事　君《きみ》に憑《たの》む　話《はな》すこと莫《な》かれ　封侯《ほうこう》の事《こと》
一将功成万骨枯　一将功成《いっしょうこうな》って　万骨枯《ばんこつか》る

「沢国」は、沼沢地帯の多い豊かな国。「江山」は、中国南方の自然。その豊かな南方の自然も、今は戦場に組み入れられてしまった。

「生民」は、人民。「樵蘇」は、薪拾いと草刈り。百姓たちは、戦争が始まったので、薪拾いや草刈りの生活を楽しむメドが立たなくなった。

「封侯の事」は、戦場で手柄を立てて、大名に取り立てられること。どうか君、たのむから戦争の手柄話はやめてくれ。

なぜなら、一将功成って万骨枯る。一人の将軍が手柄を立てる時、そのかげでは、何万という兵士が戦死し、その骨が朽ち果ててゆくのだから。

この詩の作者曹松は、別に反戦詩人ではない。むしろ黄巣という男が率いる反乱軍平定の立場にあったはずである。しかしその彼が、名セリフ「一将功成って万骨枯る」を後世に遺したのは、戦争の悲惨を、詩人が冷静に客観的に見つめることができたからであろう。

兵器を溶かして農具に

さて、時代が唐から宋、元、明、清と降って行っても、反戦詩の伝統は消えず、少なからぬ詩人が作品をのこしている。

紙幅がないので、一例だけ挙げてみよう。

明の詩人陶凱《とうがい》（生卒年未詳）の「長平《ちょうへい》の戈頭《かとう》の歌」。長平は、戦国時代の古戦場。そこから見つかった戈《ほこ》に向かって、詩人が呼びかけた詩である。多くの人の血を吸って来た戈の歴史を想像して語った詩人は、詩の末尾に至って次のように言う。

爾今還当太平世　爾今《いま》は還《かえ》って太平《たいへい》の世《よ》に当たり
人間銷兵鋳農器　人間《じんかん》　兵《へい》（器）を銷《と》かして　農器《のうき》を鋳《い》る
願寿吾皇千万年　願《ねが》わくは吾《わ》が皇《みかど》の千万年《せんまんねん》なるを寿《いの》り
終古不用戈与鋋　終古《しゅうこ》まで戈《ほこ》と鋋《こぼこ》とを用《もち》いざらんことを

「人間」は、「にんげん」でなく、世の中、世間。

イラクに戦争がしかけられようとした時、「すべての兵器を楽器に」とうたった沖縄の歌手がいた。平和をねがう人々の気持は、昔も今も同じである。

原爆の歌

さて、中国二千余年の伝統をふまえて、現代日本の漢詩人も反戦の詩を作っている。たとえば、杜甫の反戦詩（さきに挙げた「兵車行」）などの形式を襲って作られた、次のような七言歌行がある。題して「原爆行――原爆の行《うた》」。作者は、大東文化大学長をつとめたことのある漢詩人土屋竹雨《つちやちくう》（名は久泰、一八八七―一九五八）。

詩は二十句のやや長い作品なので、すこしずつ区切って読むこととする。

怪光一綫下蒼旻　怪光一綫《かいこういっせん》　蒼旻《そうびん》より下《くだ》り
忽然地震天日昏　忽然《こつぜん》として　地震《ちふる》い　天日昏《てんじつくら》し

一刹那間陵谷変　一刹那《いちせつな》の間《かん》　陵谷変《りょうこくへん》じ
城市台榭帰灰燼　城市台榭《じょうしたいしゃ》　灰燼《かいじん》に帰《き》す

怪《あや》しの光がひとすじ、青空から降って来たかと思うと、たちまち大地はゆらぎ、あたりは暗くなった。一瞬にして、陵《おか》と谷はその姿を変え、「城市」、街並みも、「台榭」、高い建物も、すべて灰燼に帰した。

一九四五年八月六日午前八時十五分、広島に原爆投下。その一瞬の描写である。

此日死者三十万　此《こ》の日《ひ》　死者三十万《ししゃさんじゅうまん》
生者被創悲且呻　生者《せいじゃ》は創《きず》を被《こうむ》り　悲《かな》しみ且《か》つ呻《うめ》く
死生茫茫不可識　死生茫茫《しせいぼうぼう》として　識《し》る可《べ》からず
妻求其夫児覓親　妻《つま》は其《そ》の夫《おっと》を求《もと》め　児《こ》は親《おや》を覓《もと》む

この日の死者、三十万。生きのびた者もひどい傷を受け、悲しげにうめき声をあげる。死生の境は茫茫としてあてどなく、死者か生者か見分けもつかぬありさまである。そんな中、妻は夫を探し、子は親を求める。

阿鼻叫喚動天地　阿鼻叫喚《あびきょうかん》　天地《てんち》に動《とよも》し
陌頭血流屍横陳　陌頭《はくとう》　血流《ちなが》れて　屍《しかばね》　横陳《おうちん》す
殉難殞命非戦士　殉難《じゅんなん》して命《いのち》を殞《おと》すは　戦士《せんし》に非《あら》ず
被害総是無辜民　害《がい》を被《こうむ》るは　総《すべ》て是《こ》れ無辜《むこ》の民《たみ》

断末魔のすさまじいうめき声が、天地の間にひびきわたり、「陌頭」すなわち街頭には血が流れ、死体がごろごろと転がっている。

この災難で命をおとした者は、戦闘員ではなく、すべて何の罪もない市民たちなのだ。

広陵惨禍未曾有　広陵《こうりょう》の惨禍《さんか》　未《いま》だ曾《かつ》て有《あ》らざるに
胡軍更襲崎陽津　胡軍《こぐん》　更《さら》に襲《おそ》う　崎陽《きよう》の津《しん》
二都荒涼鶏犬尽　二都《にと》荒涼《こうりょう》として　鶏犬《けいけん》尽《つ》き
壊牆墜瓦不見人　壊牆《かいしょう》　墜瓦《ついが》　人《ひと》を見《み》ず

「広陵」は、広島の中国風呼び方。「崎陽」は、同じく長崎。「胡」の軍隊は、アメリカ軍。二つの都市は荒れ果てて、のどかな風景の象徴である鶏や犬もいなくなり、こわれた壁、落ちた瓦の山の間に、人の姿は見えぬ。

原爆投下後の惨状を描いて来たこの詩は、次のように結ばれる。

如是残虐天所怒　是《かく》の如《ごと》き残虐《ざんぎゃく》は　天《てん》の怒《いか》る所《ところ》
驕暴更過狼虎秦　驕暴《きょうぼう》　更《さら》に過《す》ぐ　狼虎《ろうこ》の秦《しん》
君不聞啾啾鬼哭夜達旦　君聞《きみき》かずや　啾啾《しゅうしゅう》たる鬼哭《きこく》　夜《よる》より旦《あかつき》に達《たっ》するを
残郭雨暗飛青燐　残郭《ざんかく》　雨暗《あめくら》くして　青燐《せいりん》飛《と》ぶ

このような残虐ぶりは、天も怒り給う所。その凶暴さは、かの狼や虎にたとえられた秦の始皇帝の暴虐ぶりより、更にひどい。

君にも聞こえるだろう。亡者たちがシクシクと忍び泣く声の、真夜中から明け方まで止《や》まぬのが……。残骸となり果てた街では、暗夜の雨の中を、青白い鬼火が飛びかっている。

「君聞かずや……」以下の表現は、たとえば杜甫が戦死者の恨みをうたった「兵車行」の末尾、

君《きみ》見《み》ずや　青海《せいかい》の頭《ほとり》
古来《こらい》　白骨《はっこつ》　人《ひと》の収《おさ》むるなく
新鬼《しんき》は煩冤《はんえん》し　旧鬼《きゅうき》は哭《こく》し
天陰《てんくも》り　雨湿《あめしめ》るとき　声《こえ》啾啾《しゅうしゅう》たるを

という句を、形式・内容ともに踏襲していることがわかる。

中国二千年の反戦詩の伝統は、中国自体ではもちろんのこと、戦後の日本にまで受け継がれて来たのである。

中国古典詩を読む――七つのハードル

中国古典詩のことを、中国ではふつう旧詩といい、日本では漢詩という。その漢詩を読み解くためには、いくつかのハードルを越えねばならない。ハードルは、別の言葉でいえば、漢詩に関

する基礎知識、予備知識である。それらの知識がなければ、漢詩を正確に読み解くことはできない。

第一のハードルは、漢字の判読。すでに活字になっているものはいいが、はじめて見る漢詩の場合、掛軸や色紙、あるいは石碑などの形で、私たちの前に現れることが少なくない。読みやすい楷書で書いてあればいいが、たいていはくずし字、つづけ字、いわゆる草書で書かれている。たとえば、次頁にかかげる色紙の書は、その一例である。漢詩を読む最初のハードルとして、私たちの前に立ちはだかるのは、判読し難い漢字である。

この色紙の詩、次のように読み取れる。

形容枯槁眼眵昏眉宇

纔存積憤痕心如老馬

雖知路身似病蛙不耐

奔

一字一字は何とか判読できたとして、次にひかえているハードルは、これらの文字の連なりがどこで切れるのか、という漢詩の区切り方、リズムの問題である。

この詩は漢字二十八字、七言四句の七言絶句という形式の詩である。七言四句に並べ直してみると、次のようになる。

形容枯槁眼眵昏

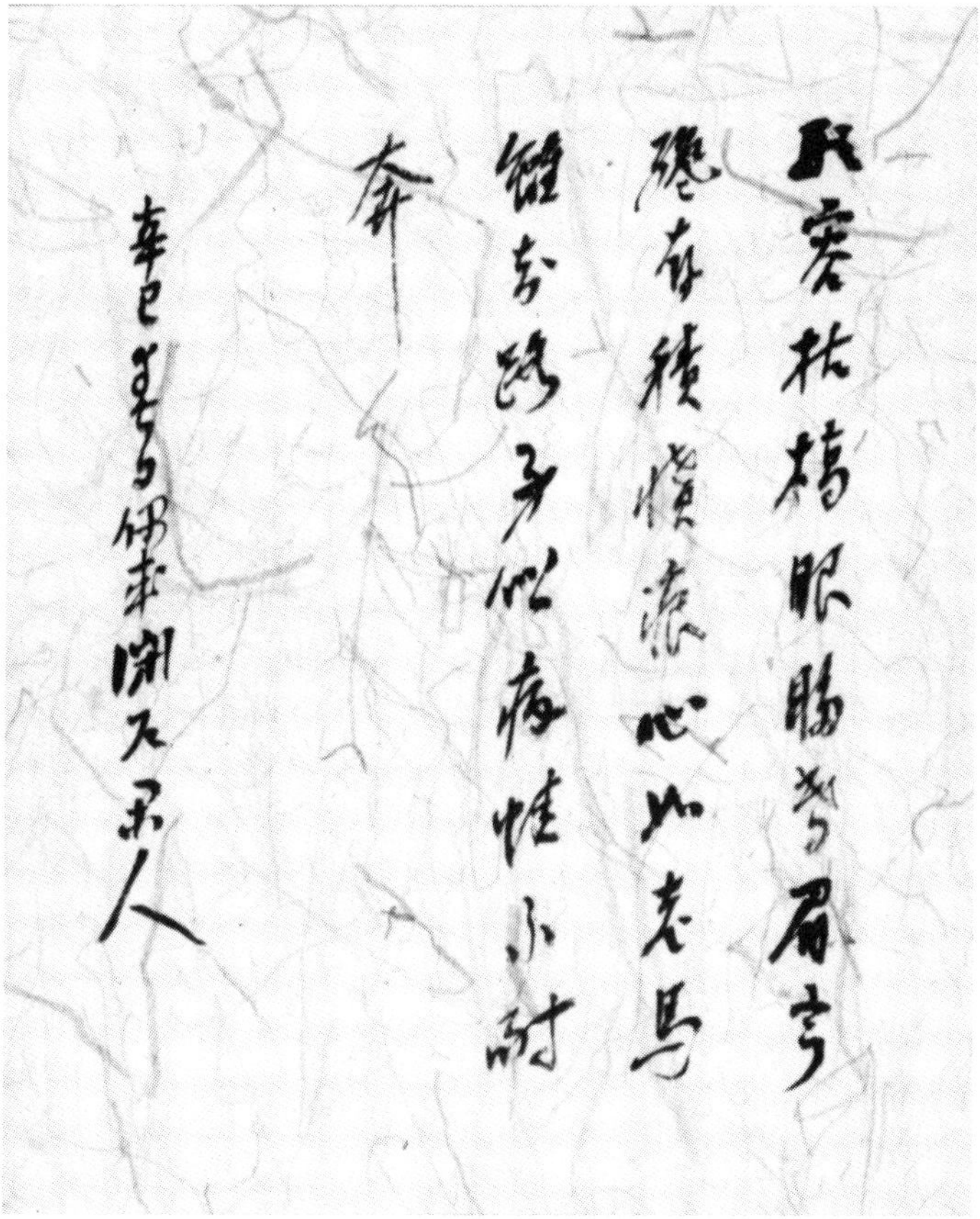

眉宇纔存積憤痕
心如老馬雖知路
身似病蛙不耐奔

ここで第一句、第二句、第四句の末尾の字、その発音（日本漢字音＝昔の中国音を今に伝える音）を調べてみる。昏（kon）、痕（kon）、奔（hon）。それらがおなじ韻（on）の漢字であり、この作品は七言絶句という形式の詩だと、確認できる。

ところで七言詩のリズム（語句の区切り方）は、次の二種類しかない。

2＋2＋2＋1（A型）
2＋2＋1＋2（B型）

たとえば、よく知られている李白の詩句を例にとれば、

両人対酌山花開
一杯一杯復一杯

これをリズムに従って分かち書きすれば、

両人　対酌　山花　開（A型）
一杯　一杯　復　一杯（B型）

同様に、さきの詩を分かち書きにすると、次のようになる。

形容　枯槁　眼　眵昏（B型）

眉宇　纔存　積憤　痕　（A型）
心如　老馬　雖　知路　（B型）
身似　病蛙　不耐　奔　（A型）

この分かち書きに従って、日本式に訓読してみると、

形容枯槁《ここう》　眼は眵昏《しこん》
眉宇《びう》　纔《わず》かに存す　積憤《せきふん》の痕《あと》
心は老馬の如く　路を知ると雖《いえど》も
身は病蛙《びょうあ》に似て　奔《はし》るに耐《た》えず

さて、ここまでは読めたが、次にひかえている第三のハードルは、難解な漢語である。

まず、前半の二句について見てみよう。

たとえば、「形容」、「枯槁」、「眵昏」、「眉宇」。これらは、少し大きな辞書を引けば、意味はわかる。形容は、姿かたち。枯槁は、枯れしなびる。眵昏は、目やにがたまってよく見えぬ。眉宇は、眉間《みけん》、眉と眉の間。

以上、三つのハードルをクリアすると、詩の前半の大意はわかってくる。体はやせおとろえて、目はショボショボとよく見えぬが、眉間のあたりに、ようやくそれとわかるほどの、つもりつもった憤《いきどお》りのあとが、うかがえる。

この大意、わかったようで、もう一つよくわからぬのは、実は第四のハードルを越えていない

ためである。

第四のハードルは、典故。詩中に、古典に見える言葉、故事来歴のある言葉が使われているのだが、そのことに気づかぬと、作者が詩の奥に秘めた真意を、察することができない。

たとえば、冒頭の「形容枯槁」。これは、二千三百年も前の中国の詩人、楚の国の大臣だった屈原《くつげん》の「漁父」と題する作品に、そのまま見える言葉である。後世、人々から愛国詩人と呼ばれた屈原は、祖国の危急を救う意見を、王の取り巻きたちによって阻まれ、都から追放される。彼は諸方を放浪しつつ、「楚辞」とよばれる詩歌作品を多くのこし、最後は河に身を投じて死ぬ。それらの作品の一つ「漁父」の中で、放浪する自らの姿を描いて、「顔色憔悴《しょうすい》し、形容枯槁す」とうたっているのである。したがって、この語を用いて七言絶句を作った詩人と、屈原の姿がここでオーバーラップする。

次に、「眼は眵昏」。この語は、唐代の詩人韓愈《かんゆ》（七六六―八二四）の「短灯檠《たんとうけい》の歌」に見える。そこでは、韓愈が二十歳の時に家を辞して、科挙の試験を受け、「夜、細字を書して、語言を綴る」生活をつづけて来たために、「両目は眵昏、頭は雪白」になったとうたう。

「眵昏」は、学者としての読書と執筆のきびしい生活が、もたらしたものだというのである。

右のように、典故を踏まえてうたわれていることがわかると、詩意は深まる。しかしなお隔靴掻痒の感がのこるのは、何故か。また、第二句にいう「積憤」の原因は何なのか。

隔靴掻痒の感がのこるのは、第五のハードルともいうべき詩の作者についての知識、そして第六のハードル、作詩の背景、この二つがわかっていないためである。
この二つについては、そのヒントが、はじめにかかげた色紙の書の末尾に記されている。

辛巳春日偶成　閉戸閑人

「閉戸閑人」は、この詩の作者、マルクス経済学者河上肇（一八七九―一九四六）の雅号である。そして「辛巳《しんし》（かのと・み）」の年は、昭和十六年（一九四一年）。河上肇は昭和八年（一九三三年）、治安維持法違反の容疑で逮捕投獄され、足かけ五年の刑期を終えて、日中戦争勃発の直前、昭和十二年（一九三七年）六月に出獄する。「昭和十六年」といえば、それから四年後、太平洋戦争の始まる年である。出獄はしたものの、特高警察監視のもとで暮らしていた。

以上二つの事実、「作者」と「作詩の背景」がわかれば、この詩の前半に見える「形容枯槁」「眼眵昏」「積憤痕」という言葉の意味が、おのずから明らかになる。

河上肇は、中国の詩人屈原と同様、救国の意見、その思想が容れられず、却ってそれによって弾圧され、そのことが原因で「形容は枯槁」「眼は眵昏」となり果て、「積憤の痕」を眉間に刻み込む身となったのである。

さて詩の後半も、ハードル、ことに第四のハードル（典故）を越えることなしには、その真意を読み取ることはできない。

第三句の「老馬路を知る」という言葉は、これまた中国の古典『韓非子』に見えるエピソードをふまえている。

古代中国斉《せい》の名宰相管仲《かんちゅう》が部下たちを連れて遠出をし、路に迷って危険な目に逢った。その時たまたま連れて来ていた年老いた馬が、帰り路を教えてくれ、一同命拾いをした。

河上肇がこの詩を作った昭和十六年、日本は危険な戦争の道、破滅の道をまっしぐらに突っ走っていた。すでに年老いていた河上肇は、あの老馬と同様、（日本の進むべき）正しい道を知っている。しかし「身は病みし蛙に似て」、もはや勢いよく行動することができない。「奔るに耐えず」。

これが、後半二句の含意である。

ところで河上肇の自選詩集「閉戸閑詠第一集」（一九八四年岩波書店刊『河上肇全集』第二十一巻所収）によれば、この詩「偶成」には、「対鏡似田夫——鏡に対すれば田夫に似たり」というサブタイトルがついている。「鏡の向うに田舎親爺のようなわが顔が映っているのを見て、ふとできあがった詩」、というのであり、いわば河上肇晩年の「自画像」である。

その自画像は、以上に示した六つのハードルすべてについての知識がなくとも、ぼんやりとした姿が浮かんでくる。しかしくっきりとした像を結ばせるためには、六つのハードルをクリアすることが必要なのである。

最後に付言すれば、漢詩を読み解くために、常に以上のハードルをすべて越えなければならぬ、というわけではない。

典故、作者、作詩の背景についての知識、といったハードルなしに読める作品も、少なくない。

たとえば唐代の詩人孟浩然《もうこうぜん》（六八九―七四〇）の五言絶句「春暁」などは、その一例だろう。

春眠不覚暁
処処聞啼鳥
夜来風雨声
花落知多少

五言詩のリズムに従って、分かち書きすれば、

春眠　不覚　暁
処処　聞　啼鳥
夜来　風雨　声
花落　知　多少

これを訓読すれば、

春眠　暁を覚えず
処処　啼鳥を聞く
夜来　風雨の声
花落つること　知る多少ぞ

ここには別に難解な言葉もないし、これを読み解くのに、典故、作者、作詩の背景などについての知識も必要でない。作者孟浩然が、科挙の試験に受からず、まともな就職もできず、うだつ

のあがらぬ一生を送った人物だったということは、知っていた方がよい。しかしそれは、この詩を読むための必須の要件ではない。

では越えるべきハードルは全くないのか、といえば、そうでもない。第七のハードルとでも呼ぶべきものがある。それはこの詩が日本語の詩でなく、外国語（中国古典語＝漢語）の詩だから、これを読み解くためには、中国古典語（以下漢語という）についての正確な知識が要求される、というハードルである。

たとえば、第二句の「処処」。日本語だと「ところどころ」とも読めるが、漢語にその意味はなく、「いたるところ」「あちこち」と訳さなければならない。

また、同じ第二句の「聞」。日本語では、「聞」も「聴」もともに「きく」と読むが、漢語では、「聞」は「きこえてくる」、「聴」は「耳を傾けてきく」と、はっきりと使い分ける。「ぼんやりとしていると、あちこちから鳥の声がきこえてくる」、というのが、第二句の意味である。

第三句の「夜来」。これも「夜が来る」のではなく、「夜になってから」。「老来」が、「老いが来る」のでなく、「としとってから」という意であるのと、同じである。

第四句の「多少」。日本語では「すこし」の意だが、漢語にはそうした用法はなく、疑問詞「いくら」「いくつ」である。「花はどれほど散っただろうか」というのが、第四句の大意である。

中国古典詩、いわゆる漢詩を、正確に読むためには、このほかにも、平仄《ひょうそく》、対句《ついく》などの知識が必要だが、まず何よりも、以上挙げたようなハードルのすべて、あるいはその一部をどうしても越えなければならない。それは、「中国古典詩を読む」という行為の前提条件であり、詩の真の醍醐味を味わうための前提条件である。

漱石と桂湖村——熊本時代の漢詩

『漱石全集』第十八巻（漢詩文）が刊行された一九九五年十月以後、編集部の調査によって、漱石の漢詩文に関する新しい事実がいくつか明らかになった。

それらは今回の第二次刊行にあたり、本文の補訂や新たに加えた補注によって、おおむね増補することができた。しかし紙幅の関係のため、紹介できなかった関連事項もある。

ここではそれらの中、漱石の熊本時代（明治三十一—三十三年、一八九八—一九〇〇）の漢詩作品に、漢詩人桂湖村（一八六八—一九三八）が加えた講評を、紹介しておきたい。

明治三十一年三月作の漢詩三首、「春興」「失題」「春日静坐」（作品番号65、66、67）は、熊本五高の同僚だった漢文教師長尾雨山（一八六四—一九四二）が、添削と講評を加えており、そのことは本全集第一次刊行のときに紹介しておいた（一九五、一九九、二〇二頁）。ところがこれらの作品については、正岡子規の漱石宛書簡（明治三十二年三月二十日付）に、「昨年の御作の詩は近日湖村の方へ廻すべく候」としるされ、当時湖村が勤務していたと思われる新聞『日本』（明治三十二年四月五日号）に掲載された。それらは雨山添削後の作品で、三首それぞれに、湖村が漢文で短い講評を加えている。

それら講評の原文に、読み下し文と若干の語釈を付して、紹介しておきたい。

65「春興」

湖邨小隠曰。不踏襲六朝。而有似六朝者。不依旁三唐。而有似三唐者。孤愁以下。宛入真境。神游物外。想旋空際。尤覚含毫邈然。

（湖邨《こそん》小隠曰く、六朝を踏襲《とうしゅう》せずして、六朝に似たる者有り、三唐に依旁《いぼう》せずして、三唐に似たる者有り。「孤愁」以下、宛《さなが》ら真境に入り、神《しん》、物外に游《あそ》び、想《そう》、空際を旋《めぐ》り、尤《もっと》も含毫邈然《がんごうばくぜん》たるを覚《おぼ》ゆ。）

○**湖邨**　湖村。○**小隠**　大物でない隠者という謙称。晋の王康琚《おうこうきょ》の「反招隠」詩（『文選』）に、「小隠は陵藪《りょうそう》（山野）に隠れ、大隠は朝市《ちょうし》（都会）に隠る」。○**踏襲**　受け継ぐ。

○**三唐**　唐代三百年を、初唐・盛唐・晩唐に分けて三唐という。○**依旁**　寄り添う。

○**含毫**　筆の穂先をなめて、文章の構想を練る。○**邈然**　時間をかけて書き上げる様子をいう。晋の陸機の「文の賦」（『文選』）に見える語。『文選』五臣注に、「邈然は、文の遅く成るを謂《い》うなり」。

66「失題」

湖邨小隠曰。通篇恍惚窈冥。不作牛蛇之語。自有黯澹之致。若深求解。則反失之。

（湖邨小隠曰く、通篇恍惚窈冥《こうこつようめい》なれども、牛蛇《ぎゅうだ》の語を作《な》さず。自《おのず》ら黯澹《あんたん》の致《おもむき》有り。若《も》し深く解を求めんとすれば、則ち反って之れを失《しっ》す。）

○**恍惚窈冥**　ぼんやりとして暗く奥深い。○**牛蛇之語**　牛蛇は、牛鬼蛇神の意か。とすれば、荒唐無稽な言葉。牛鬼蛇神は、唐の詩人杜牧の「李賀集序」に見える語。○**黯澹**　暗淡と同じ。うす暗く定かでないさま。

67「春日静坐」

湖邨小隠曰。沈思独往。亦蕭寥。亦簡遠。此種神味。難与浅人言也。

（湖邨小隠曰く、沈思独往、亦《ま》た蕭寥《しょうりょう》、亦た簡遠《かんえん》。此の種の神味、浅人と与《とも》に言い難きなり。）

○**沈思**　深く思いをひそめる。○**独往**　他にわずらわされぬさま。○**蕭寥**　ものさびしい。○**簡遠**　簡潔で奥が深い。○**神味**　霊妙な味わい。○**浅人**　思慮の浅い人間。

ところで作品番号69「客中逢春寄子規」は、本全集第一次刊行のとき、大正七年刊の最初の全集以来の記載にしたがって、「明治三十二年作」とし、また「自筆稿未見」として収録した。ところがこの詩は、先の65―67と同様明治三十一年作と考えられ、さらに自筆稿は、神奈川近代文学館に所蔵されていることが判明した。

自筆稿には、やはり雨山によるものかと思われる添削が加えられている。第一次刊行時に収録したのはこの添削後の作であるが、漱石の初案は今回はじめて補注の形で紹介した。

なおこの添削を経た作品もまた、おなじ『日本』の翌日号（明治三十二年四月六日）に登載され、そこにも湖村の次のような講評が添えられている。

湖邨小隠曰。春風碧蕪。正是游子傷神之候。振触交游。長懐無已。引領悵望。茹歎遥寄。起手殊自然不費力。一結悽惋。令人有冷水澆背熱心頓解之思。

（湖邨小隠曰く、春風碧蕪《へきぶ》、正に是れ游子傷神の候、交游に振触《じょうしょく》し、長《つね》に懐《おも》いて已《や》むこと無し。領《えり》を引きて悵望《ちょうぼう》し、歎《なげ》きを茹《いだ》きて遥かに寄す。起手《きしゅ》、殊に自然にして力を費やさず、一結、悽惋《せいえん》、人をして冷水背に澆《そそ》ぎ、熱心頓《にわか》に解《と》くるの思い有らしむ。）

○**碧蕪**　みどりの平原。○**游子**　旅人。○**傷神**　傷心と同じ。○**振触**　ふれる。○**交游**　友人。○**長懐無已**　常に想って忘れられぬ。六朝・梁の江淹《こうえん》「恨みの賦」に見える語。○**引領**　首を伸ばす。○**悵望**　悲しみをこめて遠く眺めやる。○**起手**　冒頭。○**一結**　末尾。○**悽惋**　いたみ悲しむ。

この作品番号69については、長[illegible]の講評がのこっていない[illegible]67の三首は、雨山、湖村ともに評語をつ[illegible]ている。両者を比較してみると、評[illegible]の一致する所あり、しからざる所もあって、[illegible]かにおもしろい。

たとえば[illegible]春興」について、湖村が「『孤愁』以下、[illegible]《さなが》[illegible]境に入り云々」と高い評価を与[illegible]る句に対し、雨山もまた原詩の同じ所（各文字[illegible]に高い評価を示すマル印の圏点をつけている（やや低い評価の場合はテン印）。

更に同じ「春興」について、湖村が「[illegible]踏襲せずして、六朝に似たる者有り」というのに対し、雨山も「風格……晋宋（六[illegible]に入る」と、ほぼ同じ評価を与えている。

しかしたとえば66「失題」[illegible]いて、両人の評価は全く異なると言っていい。すなわち湖村が「自《おのずか》ら黯澹《あんたん》の致《おもむき》有り」というのに対し、雨山が「懦夫《だふ》（いくじなし）をして興起《こうき》せしむる（起ち上がらせる）に足《た》る」というのが、それである。

漱石がこれらの講評を読み比べて、どんな表情をしたか。その記録がのこっていないのは、残念である。

II　河上肇を語る

羽村二喜男・静子（河上肇の長女）夫妻

マルクス経済学者河上肇と中国古典詩

日本のマルクス経済学者河上肇（一八七九―一九四六）の著作は、一九二〇年代以降、二十数冊がつぎつぎと中国語に翻訳され、中国の革命家たちに少なからぬ影響を与えた。毛沢東、周恩来も河上の著作を読んだと述懐しており、郭沫若は一九二五年、河上の大部な著作『社会組織と社会革命に関する若干の考察』を中国語に翻訳している（上海商務印書館刊『社会組織与社会革命』）。

河上は一方では、中国古典詩の愛好家でもあった。彼は日本の国家警察によって逮捕投獄されたとき（一九三三―三七年）、獄中で陶淵明、王維、杜甫、白居易、蘇軾等の全詩集を読破した。出獄後は、警察の監視の下で陸游の詩の注釈をおこない（死後〔一九四九年〕『陸放翁鑑賞』上下二冊として刊行）、また自ら中国古典詩を創作し始めた。

彼が本格的に詩作を始めたのは、出獄の翌年、一九三八年であり、亡くなるまでに約百四十首の作品をのこしている。一九三八年以前にも二、三の詩を書いているが、それは次のような未熟なものだった。

年少夙欽慕松陰　　年少　夙《つと》に松陰を欽慕し
後学馬克斯礼忍　　後に学ぶ　馬克斯《マルクス》　礼忍《レーニン》
読書万巻竟何事　　読書万巻　竟《つい》に何事ぞ
老来徒為獄裏人　　老来　徒《いたずら》に為《な》る　獄裏の人

この詩（一九三三年、獄中の作）は、中国古典詩の規格に合わない部分を、多く含んでいる。
一、脚韻を正しく踏んでいない。陰（「侵」韻）、忍（「軫」韻）、人（「真」韻）。
二、第一句、第二句の句作りが正しくない。

　　年少　夙　欽慕　松陰
　　後学　馬克斯　礼忍

三、「列寧」を「礼忍」と日本風に書き誤っている。
四、平仄が合っていない。
しかしこの詩は、「詩言志」という中国の詩の伝統を、正しく受け継いで作られたものである。
そして、これも中国の詩の伝統の一つである「典故」をふまえた表現を使って、詩に深味を与えている。すなわち第三句の「読書万巻」は、第一句に見える「松陰」（江戸時代末期の革新的思想家吉田松陰、一八三〇―五九、河上の同郷人）が、青年たちのために故郷で開いていた学校、松下村塾の「塾聯」（塾のスローガン）の二句をふまえたものである。

　自非読万巻書、寧得為千秋人。

自非軽一己労、寧得致兆民安。
　万巻の書を読むに非ざるよりは、寧《なん》ぞ千秋の人と為るを得ん。
　一己《いっこ》の労を軽んずるに非ざるよりは、寧ぞ兆民を安きに致すを得ん。
河上は「兆民を安きに致す」ために「万巻の書を読んで」来たのだが、その志は官憲の手によって挫折させられた、というのである。
出獄後、河上は平仄や韻などについて、熱心に独習した。そしてその年のうちに、「天猶活此翁」と題する、ほぼ規格に合った七言絶句を作っている（なおこの詩題は、陸游の詩「寓歎――歎きを寓《よ》す」〔『剣南詩稿』巻二一〕の句、「心已忘斯世、天猶活此翁――心は已《すで》に斯《こ》の世を忘るるも、天は猶《な》お此の翁を活かせり」から採ったものである）。
　秋風就縛度荒川　　秋風　縛《ばく》に就いて　荒川を度《わた》りしは
　寒雨蕭蕭五載前　　寒雨　蕭蕭たりし　五載の前なり
　如今把得奇書坐　　如今《じょこん》　奇書を把《と》り得て　坐《ざ》せば
　尽日魂飛万里天　　尽日　魂は飛ぶ　万里の天
この詩を作った一九三八年十月二十日は、河上の第五十九回目の誕生日であった。たまたま五年前の同じこの日、彼は手錠をかけられ冷たい雨の降る中を、東京の荒川を渡り、小菅刑務所に収監されたのである。
第三句の「奇書」は、警察の目をごまかすための表現で、実は当時日本では禁書だったエドガー・スノウの中国革命根拠地に関するルポルタージュ『中国の赤い星』(Edgar Snow, *Red Star over China*)であった。したがって第四句の「万里の天」は、革命が進行しつつある「中国の空」をさす。──尽日魂は飛ぶ万里の天。

この詩を作ってから三年後、六十二歳の河上は「偶成」と題する七絶を作っている。副題がつけられていて、「対鏡似田夫──鏡に対すれば田夫に似たり」という。

形容枯槁眼眵昏
眉宇纔存積憤痕
心如老馬雖知路
身似病蛙不耐奔

形容枯槁《ここう》　眼は眵昏《しこん》
眉宇　纔《わず》かに存す　積憤《せきふん》の痕《あと》
心は老馬の如く　路を知ると雖《いえど》も
身は病蛙《びょうあ》に似て　奔《はし》るに耐《た》えず

この詩は、いくつかの典故をふまえて作られている。

まず第一句、「形容枯槁」の四文字は、屈原の楚辞「漁父」にそのまま見え、「眼眵昏」は、韓愈の「短灯檠歌」をふまえる。

都から追放されて山野を放浪する屈原の痩せ衰えた姿を、河上は鏡にうつったおのれの姿と重ね合わせる。屈原は正論を吐いたため都から追放され、河上もまたその思想ゆえに大学教授の職を奪われ、投獄された。獄中でのきびしい生活のため、河上の視力は衰え、学者の本分である読書も思うにまかせぬ。

第二句の「積憤の痕」は、それらのことにも起因している。

そして、第三句の「老馬」。老馬知路という故事は、『韓非子』に見える。路に迷った斉《せい》の管《かん》仲《ちゅう》たちに、たまたま連れていた老馬が正しい路を教え、人々の命を救った。

河上は第三、四句で、次のように訴えているのだろう。——いま日本は誤った戦争の道を突き進んでいる。私はあの老馬のように正しい道を知っているのだが、体が病気の蛙のように衰え、勢いよく走り出すこともかなわず、日本を正しい道に引き戻す役目を果せない。

河上は日本敗戦の半年後、栄養失調のため、小さなあばら家で亡くなった。六十七歳。

河上家は長生きの家系で、父は七十九歳、母は八十六歳の長寿を保っている。官憲は河上肇というすぐれた学者・詩人に天寿を全うさせず、その命を途中で奪ったのである。

河上の辞世の詩にいう。

俯不恥地　　俯して地に恥じず
仰天愧天　　仰いで天に愧《は》じず

なぜ河上肇か

読游会（陸游の詩を読む会）のテキストとして、河上肇『陸放翁鑑賞』を選んだ理由は、四つある。

一つは物理的理由であり、二つは経済的理由、三つは嗅覚的理由、そして四つは思想的理由である。
一、物理的理由。読游会では、毎月一回、放翁の詩一首を読む。九千二百首の全作品を読み了るのに、八百年かかる。会員全員が、八百年生きたといわれる仙人赤松子《せきしょうし》（会員の赤松《あかまつ》さんではない）に変身せねばならぬ。ところで、日本で出版されている適当な選集は、当時、鈴木虎雄『陸放翁詩解』と河上肇『陸放翁鑑賞』しかなかった。鈴木の書は、詩解が懇切に過ぎ、テキストとしては、簡潔な河上の書が勝る。河上の選詩の数は、五百首。四十年で読める。ただしその時、私は百余歳。
二、経済的理由。『剣南詩稿校注』八冊は、大部で高価。河上の書なら、廉価。いや、その都度コピーすれば、タダである。さすがに『貧乏物語』の著者の書だ。
三、嗅覚的理由。河上肇は本質的に詩人だった。その嗅覚は鋭く、時に示す詩解の適確さには、凡百の専家の及び難いものがある。
四、思想的理由。放翁は、反体制とまでは言えぬが、非体制の詩人であった。その放翁に、反体制を貫いた河上が、どう切り結んでいるか。その興味も、選択の理由の一つであった。

河上肇の詩歌における実験

河上肇は、好奇心旺盛な、実験精神に富んだ人でした。何か新しいことに気づき、それに関心を持つと、とことん追求し、自ら実験、体験しないと気がすまない人でした。河上さんが好んだ詩歌の世界も、例外ではありません。

ここでは、河上さんが実験を試みた次の四つのことについて、お話したいと思います。

一　六十二文字
二　旋頭歌
三　六言絶句
四　漢詩の和訳

一　六十二文字

短歌のことを三十一文字（みそひともじ）と言いますが、河上さんはその短歌を二つ重ねた六十二文字（むそふたもじ）という新しい形式の歌を作っています。

河上さんの没後（一九四六年十一月）に出版された自編の小詩集『旅人』（興風館刊）に、「六十二文字」と題して次のような作品が収められているのです。

一、わがためにいほりつくらばひんがしにまるまど
あけて三竿の竹　みなみにはただひともとの
紅梅の春を忘れて半ば朽ちつゝ

二、わがやどの老梅咲けり一枝ををらまく
もひて日を過ごしつゝけふもまた
縁にねころび蒼空にうつれる黒き幹を見てをり

三、三坪にも足らはぬさ庭梅咲きて散りにし跡は
椿咲きけり今ははや梅若葉《わかば》して
椿落ち人立ちし日のめぐりくるらし

それぞれの前半は独立した短歌として読めますが、後半は前半と結びついてはじめて意味を成す言葉が使われ、二首一体となるように作られています。

すなわち、一の「みなみには」→「ひんがしに」、二の「黒き幹」→「老梅」、三の「梅若葉して」→「梅咲き」、「椿落ち」→「椿咲き」。

河上さんがこの作品を作ったのは昭和十九年ですが、その前年の十八年、「六十二文字」とは題さずに、次のような詞書をつけた四篇の作品をのこしています。

二月十七日より高熱を発し暫らく臥床す、床上にありて二首連続の連作（一首づつ独立性をたもつにあらざる特殊の詩形のつもり）を試作す

一、ちぎれ雲うごくともなく悠々と西にうつりて消え去りにけり
ひねもすをいねつつをれば蒼空の雲の消ゆるを見とどけにけり

二、遠くにて太鼓しきりに鳴りひびき近きほとりに蟬鳴きしきる
老いほれて聞こえずなりし我が耳に他人《ひと》の聞こえぬ音ぞ聞こゆる

三、腸《はら》いためいねつつあれば食《を》し物をほりすこころの消えて安けき
古への賢き人は朝な夕なかかる安けさ身に保ちけむ

四、恥しや腸をいためぬ食べすぎて物資ともしき今の時節に
老人は毒に向ふこころにて箸を取れよと放翁は言ひにき

四の「放翁」は、中国宋代の詩人陸放翁（名は游）。その詩「病中述ぶる有り」に、「下箸如対敵——箸を下すこと敵に対する如くせよ」というのを踏まえています。

この「六十二文字」は、詩人三好達治も言っているように「（河上）先生新案の即興」で（「詩集『旅人』を読む」、一九六四年筑摩書房刊現代日本思想大系第十九巻『河上肇』付録月報所収）、「三十一文字」にあきたらぬ河上さんの「実験」だったのでしょう。

二　旋頭歌

これも昭和十九年の作に、次のような一首があります。

いつまでもあくてあるべき身にしあらねば来ん春の逝くころわれも共にか逝かむ

これを分かち書きにして、その音節数を調べますと、

いつまでも　5
かくてあるべき　7
身にしあらねば　7
来ん春の　5
逝くころわれも　7
共にか逝かむ　7

このリズムは、『万葉集』に見える「旋頭歌」のリズムです。この作品について、河上さんは旋頭歌だとは言っていませんが、はじめから旋頭歌だとことわって作っている作品もあります。それらは何故か、娘婿羽村二喜男氏（河上さんの長女静子さんの夫）のヨーロッパ留学を見送った時の作品に、集中しています。

昭和十一年八月二十六日、獄中の河上さんは次のような作品を、日記にしるしているのです。

二喜男さんへ送らんための旋頭歌

われひとり高きに登りて万里悲秋の詩を誦し遠く北欧の君をおもふ
目をつぶり三年《みとせ》を同じ牢屋《ろうや》の窓に倚りし間に君は万里を旅しける哉

この二首は、同年八月二十八日付の秀夫人あて書簡にも見え、そこでは、「次のは二喜男さんに贈らうと思つてゐる旋頭歌です。正式には五七七、五七七だが、私のは出入りがあります」というように、リズムの規格に合わぬ部分があるものの、「旋頭歌」として作られたものであります。

第一首に見える「万里悲秋の詩」は、「万里秋を悲しんで常に客（旅人）となり、百年病多くして独り台に登る」という句をふくむ、杜甫の七言律詩「登高」をさしています。

河上さんは、先の日記の五日後にも、自注を付して次の二首をしるしています。

とつくにゆわたつみ越えて君帰る頃われもまた葛飾の野ゆ郷《くに》に帰らむ

（二喜男さんへ送るつもりの旋頭歌）

放たれてわれも帰らむ山の奥の氷だに溶けて流るゝ春もすぎなば

（同第四首）

そして九月一日の日記には、次の一首を追加しています。

放たれてわれ帰る頃遠き旅より君帰る思ひ見るだにうれしきその日

「旋頭歌」は本来「問答」から発した歌だと言われています。遠く平安時代にほろびたこの古い形式の歌を、河上さんがふと甦らせたのは、詩歌に問答形式や呼びかけ形式を持ち込むことを好み、饒舌と対話の好きな河上さんの体質によるのかも知れません。そしてまた、その好奇心と実験精神が、ここでも働いていたと言えるでしょう。

三　六言絶句

絶句（四句の漢詩）は、ふつう五言と七言の二種類です。しかし六言絶句もないわけではありません。唐代からすでにあるのですが、河上さんが傾倒していた宋代の詩人陸放翁も作っているので、それを読んで興味を持たれたのかも知れません。

昭和十六年六月作の「春色」と題する一首。河上さん自身による読み下し文をそえて示しますと、

仰天天碧如海　　天《そら》を仰げば天《そら》碧うして海の如く
看雲雲白似波　　雲を看れば雲白うして波に似たり
光満地花満樹　　光地に満ち花は樹に満つ
愁居奈春色何　　愁ひ居れば春色を奈何

このように自然を詠じたもののほかに、戦争のことをうたった作品もあります。題して「戦雲満乾坤――戦雲乾坤《けんこん》に満つ」。乾坤は、天地。

心已久忘世事　　心すでに久しく世事を忘れ
姓名又人無知　　姓名又た人の知る無し
独弄詩蝸廬底　　独り詩を弄す蝸廬の底

戦雲満乾坤時　戦雲　乾坤に満つるの時

この詩を作った日（昭和十六年七月二日）、宮中では御前会議が開かれ、「情勢の推移に伴う国策要綱」、「対ソ戦準備、南部仏印（仏領インドシナ＝ベトナム）進駐」を決定。また大本営は、関特演（関東軍特別演習）を発動、「満洲」に七十万の兵力を集結。そして十月には、東条内閣成立。十二月八日、太平洋戦争勃発。

河上さんは、漢詩という独特の表現形式で、無教養な特高警察の目をくらましながら、反戦、非戦の作品を作り始めます。「詩を作るより田を作れ」と叫ばれた時代に、河上さんは田は作らずに、詩を作りつづけるのです。それは「非生産」による静かな抵抗でした。

四　漢詩の和訳

河上さんには、独特の形の漢詩和訳があります。それは四行の原詩を五行に訳したものです。たとえば、

陸放翁「題痒閣黎二画（その二）雪景」

　渓上望前峯　巉々千仞玉
　渾舎喜翁帰　地炉煨芋熱

渓ゆ望めば聳え立つ向ひの峯は
つもりつもりて雪ましろなり

帰り来しおきな囲みて
よろこ《こ》ぶや家の人々
ゐろりには芋やけてほろほろ

第三句一行を二行に分けて、訳しているのです。さらに、もう一首、

陸放翁「移花遇小雨云々」

独坐閑無事　焼香賦小詩
可憐清夜雨　及此種花時

ひとりゐのしづけさにひたり
香をたきて詩を賦す
あはれこの清き夜を
音もなく雨のふるらし
けふ移したる花の寝床に

これらはともに宋代の詩人陸游（号は放翁）の詩ですが、次の明代の詩人高啓（号は青丘）の詩の河上訳、

高青丘「江上漫成」

春色到江浜　江花樹樹新
行吟憔悴客　誰道亦逢春

河のほとりに春めぐり来て
河辺の樹々はみな花をつく
詩を吟じつつ行きなやむ
痩《や》せほうけたる旅人も
亦《ま》た春に逢へりと誰がいふ

「コロンブスの卵」という言葉がありますが、四行詩を五行に訳すという工夫は、まさに「コロンブスの卵」です。

河上さんのこうした独創性は、やはりその実験精神と無縁ではないと思われます。以上、六十二文字、旋頭歌、六言絶句、漢詩の和訳という四つの創作は、はじめに申しましたように、河上さんの旺盛な好奇心と、果敢な実験精神にもとづくものと言えるでしょうが、その根底には、もう一つのことがあるように思います。それは、饒舌です。

三十一文字ではなく、その二倍の六十二文字、五七五七七の短歌ではなく、五七七五七七の旋頭歌、五言絶句ではなく六言絶句、そして四行詩を五行に訳す——これらに共通しているのは、せまい窮屈な枠からはみ出して「饒舌」に、という指向かと思います。

河上さんの散文における「饒舌」ぶりは、三十六巻におよぶその全集がよく示しています。無数の長大な学術論文、随想集、自叙伝、獄中日記、おびただしい書簡類。——その「饒舌」が、詩歌の分野にもおよんで、先の作品群を生んだのではないでしょうか。

河上さんは『獄中日記』の中で、次のように言っています(一九三六年九月二十一日「別冊日記」)。

どうして日本人には執拗な忍耐力が欠けてゐるのか。

先づ詩歌の世界を見よ、長歌の類は早くすたれて世に広く行なはれず、短歌、俳句などといふ僅かに三十一音又は十七音より成る最も短小な詩形のみが広く行なはれつつある。それは瞬間的な小情の揺曳やスケッチ風な風景描写にしか適しないものだが、日本の詩情はさういふものさへあれば足りるらしい。或いは無理にでもさういふ小さな器の中へ押し込めて置くところに興味があり妙味があるとされて居るらしい。

盆栽といふものも西洋人にない趣味だが、これも一種の圧縮趣味である。

国技と称される相撲はどうだ。ごく狭い土俵の上で立ち上がつたかと思ふと、もう勝負がきまつてゐる。まことに瞬間的な競技だ。短歌的であり、俳句的であり、日本人としては図抜けて大きい男が狭い狭い土俵の上へ二人も登場する様は、まことに盆栽的である。これを米国の国技である野球と比較せよ。島国的と大陸的との対照がまことに明白である。

文章はさらに西洋の油絵と東洋の墨絵、その比較などの議論につながっていくのですが、実生活のなかで、河上さんは相撲は見ず、野球のファンでした。昭和十二年に出獄した後、しばしば神宮球場へ観戦に通い、家では毎日のようにラジオにかじりついて野球放送をきいていたほどの野球好きでした。

そのことと、先の六十二文字などの創作とは、どこかで通底していたのではないかと思われるのです。

河上会の歴史点描

本日（二〇〇二年十月二十日）は例年よりたくさんの方にお集まりいただいて、ありがとうございます。

昨日は本会（河上肇記念会）の初代代表である末川博先生生誕百十周年記念集会を、私どもの会が主催して開き、これまたたくさんの方々にご参集いただきました。

これを機会に、私どもの会の歴史を、以前の会報別冊として発行しました年表に従って思い出してみますと、次のようになります。

一九七三年　十月　末川博先生を代表として発足
　　　　　十一月　法然院で創立総会　七十名　現在の会員は約五百名
七五年十二月　会報第一号刊行　現在七四号
七七年　二月　末川先生逝去

十一月　住谷悦治先生代表に就任
七九年　十月　河上肇生誕百年記念集会を京大で開催
八一年　六月　杉原四郎先生代表に就任
九二年　七月　木原正雄先生代表に就任

この後の年表がまだできていませんので、正確なことはわかりませんが、数年前、私が無理やり代表にさせられました。しかしその後のさまざまな記念行事を一応成功させていただき、会報も年四回の発行をほぼ続けて来られたのは、世話人の方々、とりわけ事務局担当世話人の方々の献身的なご努力、そして会員の皆さんのご協力によるものと、深く感謝しております。そして最近は若い方が会に加わっていただけるようになり、女性パワーも発揮されるようになりましたので、とても喜んでおります。

実はこの後、講演をさせられることになっておりますので、あまり喋るとそのネタがなくなりますから、このあたりであいさつは終わらせていただきます。

どうもありがとうございました。

出獄前後

はじめに、私が本日（二〇〇二年十月二十日）講演させていただく理由について、のべさせていただきます。

理由は二つございまして、その一つは経済的理由であります。他の方にお願いすると講演料がいる。時には交通費やホテル代まで払わねばならない。ところが私だと、身内だから、タダですむ。まことに経済的である。それが理由の第一であります。

第二の理由は、今日の講演は、お別れ講演だということであります。私は河上会の世話人代表を、「私は一海だから一回（一年）だけお引き受けする」といって、つとめさせていただいたのですが、もう三回目になる。中国の詩人李白に「一杯一杯復一杯」という句がありますが、「一海一海また一海、そのうえ一海もう一海」というわけにはいかんだろう、せめて李白に見習うべきだということで、これが最後の総会です。そこでお別れの講演をさせていただくことになりました。

今日の演題は「出獄前後」といたしましたが、これは私が考え出した題ではありません。河上さんの『自叙伝』の最後の章が「出獄前後」となっており、そこから採ったのであります。

なぜ河上さんの出獄前後を話題にするのか。今年は日中国交回復三十周年にあたりますが、その中国に日本が戦争をしかけた日中戦争（当時の言い方では「支那事変」）から、六十五年経ちました。河上さんは戦争が始まった七月七日の二十日ほど前、六月十五日に牢屋から出て来られたのです。したがって今年は出獄六十五周年でもあります。去年は河上夫人秀さんの没後三十五周年の記念集会を開きましたが、去年は河上さんの没後五十五周年でもありました。河上さんは出獄後九年目に亡くなったことになります。出獄七十周年（二〇〇七年）には、私は天国（か、たぶん地獄）にいると思いますので、きりのいい六十五年目に、河上さんの人生にとって一つの節目となった出獄、その前後のことを考えてみようかと思ったのであります。

お話したいことはたくさんあるのですが、時間の制約もございますので、テーマを次の四つに絞りたいと思います。
一、出獄の日の状況
二、出獄の手記
三、出獄前後の漢詩作品
四、河上肇と戦争
何だかちょっとバラバラな感じがしますが、この順序で話を進めさせていただきます。

一 出獄の日の状況

さてまず、出獄の日の状況について。さきほど、『自叙伝』は「出獄前後」という章で終わっている、と申しました。そこでは出獄前のことは大変詳しく書いてありますが、出獄後のことはあまり書いてありません。全集本で申しますと、この章全体が四九頁、そのうち出獄前が三八頁、出獄後はわずか一一頁です。とりわけ出獄直前、直後のことが、あまり詳しく書かれていません。

東京朝日新聞
四年の鐵窓を放たれ
河上博士深夜歸宅す
初孫の寝顔に感無量
河上肇博士

しかしそれを補う資料はいろいろとあります。たとえばその一つは、当時の新聞記事。そして、秀夫人の手記。

新聞の一例を挙げますと、『東京朝日新聞』は上のように見出しを掲げています。

また秀夫人の手記は、一九六四年六月筑摩書房刊『河上肇著作集』第六巻付録月報に「留守日記から」と題して載せられたもので、次のように書かれています。

十六日午前〇時未決以来満四年六ヵ月の刑期を無事了えられて小菅刑務所から釈放、荻窪の家に帰ったのは午前一時。

秀夫人の手記(五)

本来ならば当日午前九時に出所するのが規定なれど、新聞社がうるさいし、知人なぞが多勢出迎えたりすることは、当局としては困るから、家族の人と弁護士位で出迎えるよう、絶対時刻を外部に知られないよう、とのきびしい注意なので皆様の御厚意をおことわりする。

重歳さん（次女の婿）は社から、左京さん（肇の弟）とわたしは別々に家を出て、日本橋の三越で五時に落ち合い、その辺で食事をすませたが、夜半の十二時までどこで時間を消そうかということになり、ともかく小菅に近い浅草へゆく。時間つぶしに映画館にはいったものの、どんな映画だったか、さすがに心も空に十時半頃までがまんする。

表へ出て自動車を拾う。小菅までと云うと小菅のどの辺ですかと云うので、仕方なしに刑務所までと云うと、妙な顔をして「もうおそいから他のにしてくれ」と断わられる。次々と逃げられて、やっと四台目の若い運転手さんがいってくれると云う。小菅でしばらく待って荻窪まで三円五十銭と云うのを、重歳さんが高いよと茶目気を出して値切ったりするのでハラハラして止める。小菅へ着いたのは十一時半、いつもとちがう裏口のほうへ廻って、何の部屋かしらないが、畳敷の部屋に通され、宿直の方二、三人といつも立会われる荒川部長さん、先着の鈴木弁護士さんにお目にかかる。やがて思いのほか静かな落ちついた様子ではいって来られ、すぐに前日差入れておいた単衣、袴、夏羽織に着かえ、永いあいだお世話になりましたとご挨拶をして、二、三の方に裏門まで送っていただいてお別れする。弁護士さんともそこでひとまずお別れする。主人が家を出てからまる五年ぶりでやっと家族水入らずで自由になることができた。

荻窪まではずいぶん遠い道程を皆あまり口もきかず黙々と真夜中の東京を通りぬける。途中車に酔いはなさらないかと気づかわれたが、大丈夫、このまま外国へでもゆくぞとたいへんな元気。暗い外をながめていかにもうれしそうだった。家へ着いたのは一時、芳子が生まれたばかりの洵子を抱いて迎えに出ていた。堀江(邑一)さんが宵から待っていて下さって、その晩はとうとう徹夜でお話がはずむ。小菅からわたしたちのあとを追って来る一台の車があって、少し気味が悪かったが、朝日新聞の記者だった。

二　出獄の手記

これが秀さんの眼で見られた当日の模様ですが、翌十六日の『東京朝日』は、河上さんの出獄の「手記」を次のような見出しで載せています。

〃刑余老残の此痩軀　ただ衰へに任す〃

白髪もめっきり増えて——河上博士語らぬ会見

片隅に生きる〝老廃兵〟の心境

河上さんは、文章をとても大切にした方でして、この手記も、発表されたのは六月十五日ですが、その年の二月二日にはすでに初稿を書き、四か月にわたって、推敲に推敲を重ねておられます。

初稿は次のようなものでした。

出獄の手記

（初稿）

「私は今回満期釈放の身となつて小菅刑務所を出た。私はこれを境として、茲にマルクス学者としての私の闘争的生涯を閉ぢる。この一文は即ちその挽歌である。——私はこれまで一個の学究として、自分の学問上の信念のため、その性格や体質や境遇やとは甚だ調和し難い生活の仕方を、自分自身に課しようとして、聯か努力を続けたつもりである。しかし微力の私は、今や暮年漸く迫まりて、最早や刑棘を歩むに疲れて来た。私はもうこれで一学究としての自分の義務を終へたものと諦め、今後はこの刑余老残の痩軀を抱いて市井に隠れ、悠然として南山を見て暮すの外ないであらうと思ふ。階級闘争場裏の老いたる一個の癈兵たる私は、たゞ、社会の何処かの隅で、どうにかして人類の進歩の邪魔にならぬやう、静かに余生を偷まして欲しいと希ふばかりである。

ながらへてまた帰らむと思ひきやいのちをかけし旅にさすらひ。

厳清水あるかなきかに世を経むとよみいでし人のこゝろしのばゆ。

×山を越え野越え川越えたどり来《こ》しつひのやどりに夢を越さばや。（二月十二日追加）

○今ははや山越え川越え谷越えてつひのやどりに夢や越えなむ。（二月十三日訂正）」

そして最終稿（出獄のとき新聞記者に公表したもの）は、こう書かれています。

（最終稿）

「私は今回の出獄を機会に、これでマルクス学者としての私の生涯を閉ぢる。この一文は即ちその挽歌であり墓碑銘である。

私はこれまで一個の学究として、三十年攻学の結果漸くにして贏ち得た、自分の学問的信念に殉ぜんがため、分不相応な事業に向つて聯か努力を続けて来た。しかし微力の私は、暮年すでに迫まれる今日、もはやこれ以上荊棘を歩むに耐へ得ない。私はもう之で一学究としての義務を終へたものと諦め、今後はすっかり隠居してしまつて、極く少数の旧友や近親と往来しながら、刑余老残の此の痩軀をたゞ自然の衰へに任かす外なからうと思ふ。既に闘争場裏を退去した一個の老癈兵たる今の私は、たゞどうにかして人類の進歩の邪魔にならぬやう、社会のどこかの隅で、極く静かに呼吸《いき》をしてゐたいと希ふばかりである。——歌三首あり、併せ録して人の嗤ふに任かす。

ながらへてまた帰らむと思ひきやいのちをかけし旅にさすらひ。

長き足をらくにすわれと吾妹子《わぎもこ》が縫うて待ちにし此の座蒲団よ。
厳清水あるかなきかに世を経むとよみいでし人のいのちしのばゆ。」

この二つの文章を読み比べてみますと、河上さんの推敲のあと（傍線の部分）がよくわかります。

ところでこの手記は、河上さん自身も言われているように、挽歌であり、墓誌銘であり、いわば没落宣言であります。しかし最後の方にさり気なく使われている「人類の進歩」という言葉が、河上さんの思想的非転向の信念をよく示しているように思います。

当時、このさり気ない言葉の意味に気づいた一人の青年がいました。彼は出獄後間もない河上さんに手紙を寄越します。

——先生、日本中のあらゆる隅々に先生のいのちを受けついだ多くの魂が「人類の進歩」のために不屈の努力を続けてゐることを御信頼あつて、どうぞ安らかな御保養をなされんことを切望してやみません。

この手紙を受け取った河上さんは、『自叙伝』の中で次のように書いています。

——手記の中にある「人類の進歩」といふ言葉が、この東北の農村の一青年に正しく理解されてゐることを見て喜んだ。日本中のあらゆる隅々に（自分と）志を同じうする多くの若い魂が人類の進歩のため日夜不屈の努力を続けてゐるであらうことを想像して喜んだ。

三　出獄前後の漢詩作品（一三八～一四〇頁の記述と重複するため省略）

四　河上肇と戦争

はじめに申しましたように、河上さんが牢屋から出て来た二十日ほど後、七月七日に、日中戦争が始まりました。それから亡くなる半年前まで、戦争続きの日々でした。

明治十二年（一八七九年）に生まれ、昭和二十一年（一九四六年）に亡くなった河上さんは、六十七年の生涯の中で、大きな戦争を四回体験しています。年表風に書いてみますと（年齢は数え年）、

日清戦争　明治二十七年（一八九四年）　十六歳
日露戦争　明治三十七年（一九〇四年）　二十六歳
第一次世界大戦　大正三年（一九一四年）　三十六歳
第二次世界大戦
　日中戦争　昭和十二年（一九三七年）　五十九歳
　太平洋戦争　昭和十六年（一九四一年）　六十三歳

先ほどもふれましたように、晩年は戦争続きでした。そして、牢獄と戦争が栄養失調という形で、河上さんの命を奪ったのです。

河上さんが亡くなってから、今年（二〇〇二年）で五十六年、地球上のあちこちで戦争があったのに、日本は戦争に加わらずに、平和を保って来ました。

六十七年の生涯に大戦争が四回、そして戦後五十六年の間にはゼロ回、この違いの原因、理由はいろいろあるでしょうが、やはり一番大きいのは、平和憲法の存在だと思います。

ところがこのごろは、自衛艦をインド洋に派遣するとか、有事立法の画策とか、キナ臭いことが起こり始めています。

河上さんが味わった悲惨な体験を、私たちと私たちの子供や孫たちが、二度と味わうことがないようにしなければなりません。そのためにも、河上さんの牢獄の体験、そして河上さんの思想と人柄と、その全生涯を、出来るだけ多くの人々に知ってもらうという、河上会本来の仕事が、今ほど重要性を帯びて来ている時はないと思います。

末川博先生生誕百十周年に寄せて

本日は私どもの催しました集まりに、このようにたくさんの方々がご参加くださいまして、まことにありがとうございました。主催者を代表いたしまして、厚く御礼申し上げます。

末川先生は私どもの会、河上肇記念会の初代の世話人代表でありました。というよりも、この会は末川先生を中心にして、一九七三年に結成されたのであります。その翌々年から発行され始めました会報、『河上肇記念会会報』は、すでに七十四号を数え、先生はその第一号に、「創刊にあたって」という文章を寄せておられます。

ところが残念なことに、先生はその翌々年、一九七七年の二月十六日にお亡くなりになりました。四年間、代表をつとめていただいたことになります。

ご存じの方も多いかと思いますが、末川先生は河上先生の義弟にあたられます。奥様同士がご姉妹なのです。そういうこともあって、日本の敗戦直後、河上先生が亡くなられたあと、河上先生の著作を世に広める仕事に力をつくされただけでなく、ごく身近から見た河上先生の学問とお人柄を伝えるべく、やわらかな達意の文章をたくさんお書きになって、私たちを啓蒙してくださいました。

『自叙伝』の出版、『社会問題研究』の復刻、そして全十二巻の『河上肇著作集』の刊行とその解説。すべて末川先生のご尽力がなければ実現しなかったでしょう。全三十六巻の『河上肇全集』は、先生が亡くなられた後に刊行が始まったのですが、その準備段階で、先生はいつも我々編集委員をはげましてくださいました。

少し私事を申しますと、今からちょうど四十年前の一九六二年、私が岩波書店から「中国詩人選集」の一冊として『陸游』（号で呼べば陸放翁）という本を出した時、末川先生はその挿み込み月報に、「放翁の詩と私」という文章を寄せてくださいました。その中で先生は、「放翁の詩に心をひかれたのは、河上肇の遺著『陸放翁鑑賞』を見てからのことである」と言っておられます。そして共感を覚えた放翁の詩句をいくつも挙げて、これにユニークな感想を加えられた上、「世界元来大」という句について、「まことに爽快雄渾で、わたしは、好んでこれを書いている」と言っておられるのです。「世界は元来大なり」、まことに放翁らしい、そして末川先生らしい句だと私は思いました。

以上、主として河上先生との関わりで末川先生のことを申し上げてまいりましたが、末川先生はそういうこととは別に、学者として、思想家として、また社会啓蒙家、さらには教育者として、大きな足跡を世にのこして来られました。また、きわめて洒脱で、親しみ深いお人柄の方でもありました。本日はそうした末川先生の全体像について、講師の先生方のお話を聞かせていただくのを、楽しみにいたしております。

魯迅兄弟と河上肇

河上肇と魯迅は、わずか二歳違いの同時代人だった。

二人の生卒年を較べてみると、

河上肇

一八七九（明治十二）年―一九四六（昭和二十一）年

魯　迅

一八八一（明治十四）年―一九三六（昭和十一）年

河上の方が二歳年長だが、亡くなったのは魯迅が十年早い。魯迅は日中戦争勃発の前年に他界し、河上は日中戦争終結の翌年に没している。

魯迅が日本に留学していたのは、一九〇二（明治三十五）年から一九〇九（明治四十二）年までであり、数え年でいえば、二十二歳から二十九歳まで。二歳年上の河上は、魯迅来日の年に東大を卒業、大学院を経て読売新聞記者となり、魯迅留学中の一九〇八（明治四十一）年、京大講師として京都に赴任、翌年、魯迅離日の年には助教授になっている。

この時間帯の中で、河上が留学生魯迅を識り、魯迅が若い河上に注目することは、なかっただろう。しかしやがて二人は、それぞれの国内で著名な学者、作家となり、その名は国外にまで知られるようになる。

それだけでなく、河上の著作は一九二〇（大正九）年以降、つぎつぎと中国語に翻訳されるようになる。そして魯迅が亡くなる一九三六（昭和十一）年までに、郭沫若訳『社会組織与社会革命』（一九二五年、上海商務印書館）を含めて二十種を超える河上の著訳書の中国訳が出版され、四十種を超える河上論文が中国の雑誌に訳載されるのである。

そしてそれらは、大正の後半から昭和にかけて、上海の内山書店で飛ぶように売れたという内山書店店主内山完造の証言がある。

また魯迅は、一九二〇年代から三〇年初めにかけてのある時期、内山書店に入りびたりになっていたという。

当然魯迅は河上の名を識り、両人の思想的傾向から考えても、河上について何らかの言及をしているのではないか——そう思うのは、私だけではあるまい。ところが魯迅が河上のことにふれた文章は、今のところ全く見当らない。また、河上が魯迅に言及した文章は、私も編集委員の一人だった『河上肇全集』全三十六巻（一九八二—八六年、岩波書店）から見出すことができない。

では二人の間には、何の接点もなかったのかというと、そうでもない。

最近、丸山昇、丸尾常喜両氏の教示と私自身の調査により、魯迅の旧蔵書の中に、内山書店で購入した河上の著訳書三冊（いずれも日本語の原本）のあることがわかったのである。

魯迅は日記の中に、購書の記録をのこしており、それによって、次のような日付と書名が明らかになった。
＊一九二八年六月二十六日
『レーニンの弁証法』（デボーリン、レーニン著、河上肇編訳、マルキシズム叢書第一冊、一九二七年改版、弘文堂書房、初版は二六年）

＊一九二九年三月十九日
『唯物史観研究』（一九二六年、弘文堂書房第三十版、初版は二一年）
＊一九二九年十一月三十日
『マルクス主義批判者の批判』（一九二九年、希望閣）

第三冊目の『マルクス主義批判者の批判』は、日本で初版が刊行されたのが同年の十一月十七日、魯迅はその十三日後に上海で購入していることになる。

ところで日記は、上記のような購書記録をのこすのみで、何のコメントもつけていないのが、残念である。

以上が、現在のところ判明している魯迅と河上の唯一の接点である。当時魯迅は『有島武郎著作集』（一九二四―二七年、新潮社）なども購入しており、有島の河上にふれた文章を読んでいたかも知れないが、これも残念ながらその証拠はない。

なお、河上晩年の蔵書を架蔵する京大経済学部河上文庫に、魯迅が編纂した『唐宋伝奇集』（吉川幸次郎訳、一九四二年、弘文堂書房）がある。その中表紙に Toichi Nawa の署名があり、もと名和統一氏の所蔵本だったのかも知れない。そして一八三頁、「酒類童子」の「類」の字を、誤植として「顚」に改めている筆跡が、河上のものらしくも思われるのだが、確定はできず、河上がこの書を読んでいたかどうか、これまた確証はない。

魯迅と河上を結ぶ新しい手がかりについて、今後読者の教示を得られれば幸いである。

なお、魯迅の弟である周作人（一八八五―一九六七）には、「河上肇的自伝」と題する短い文章がある（一九九八年、湖南文芸出版社刊『周作人文類編・日本管窺』所収、原載は一九五一年四月十二日刊『亦報』、署名は「十山」）。

本誌『火鍋子』は中国語学文学研究者を対象とする専門誌なので、周作人独特の微妙なニュアンスをもつ文章を、原文のまま転載する（ただし、簡体字を常用漢字に、句読点を日本式に改める）。なお参考までに、本誌編集部による訳文を付載する。

この文章は、中華人民共和国成立後わずか一年半の時点で書かれたものであり、周作人に関心をもつ人々には、その点でも興味深いものかと思われる。

有友人拿了四冊《河上肇自叙伝》来、叫我転交一箇旧学生、請他去還給借書的原地方。河上是日本帝大的教授、研究馬克思主義、後来辞官専作社会運動、被根拠〝治安維持法〟監禁五年、于一九三七年出獄、前後七八年写成此書、至一九四九年出版、已在河上去世三年後了。其第三四冊原名《獄中記》、採用小説体裁、仮名本田弘蔵、記得很是仔細、著者在第四冊第三篇《病房生活》中曾説、〝仮如我有高爾基的幾分之一的才能、我可能把那雑居監的情形描写出来、不下于他的那篇《底層》吧。〟他所写幾箇病房裏的人物中間、有一箇是強盗殺人的老頭子、洗澡時弘蔵給他擦背、総是笑嘻嘻的説対不住対不住、他覚得所想像的強盗殺人的瞼相与這忠厚的老爹差得太遠、很是驚異。又有一箇常習窃盗、在工作中被機器扎掉了右拇指、弘蔵給帮忙擦背絞手巾、他常将領得的雞蛋分給他吃。大概有両箇星期同住在一起、他感覚到〟比起小資産階級的知識人士来、還是這前科五犯的窃賊更有人情味〃。中国古詩有云、盗賊漸可親、可以説是同一感覚吧。河上博士在知識界混了一世、末了才体験出這一点来、代価雖高、却是很可珍重的、因為這可以供人家的反省、若只当作憤激語去看那就錯了。

ある友人が四冊の『河上肇自叙伝』を持って来た。彼は私にこれらの本を知り合いの学生に渡し、本の元あった場所に返してもらうように頼んだ。河上肇は日本の帝大の教授でマルクス主義を研究した。後に大学を退官してからは社会主義運動に身を投じ、〟治安維持法〃によって五年間投獄され、一九三七年に出獄した。その前後七、八年をかけてこの本は書かれており、一九四九年に出版されたが、それは河上がこの世を去って三年後のことであった。その第三冊と四冊は『獄中記』で、小説の体裁をとっている。ペンネームは本田弘蔵であり、その記述はとても詳細なものである。著者はその第四冊第三篇『病舎生活』の中で、「おれにゴルキーの何分の一かの才能があれば、この雑居房の様子を『どん底』以上のものに描き上げて見せるだろうに」と述べている。彼が描いた病室の中の人物の中には、強盗殺人の老人がおり、入浴の時に弘蔵が背中を流してやると、彼はいつも笑顔を見せながら、すまん、すまん、と繰り返すのであった。弘蔵は強盗殺人から想像する顔と、この誠実で温厚そうな老人の顔のあまりの落差にたいへん驚いたのであった。またもう一人、窃盗の常習犯がおり、彼は作業中に手が機械に巻き込まれ、右の親指を失ってしまった。弘蔵は彼のために、風呂で背中を流したり、手拭いを絞るのを手伝ってやった。するとその彼はしょっちゅう配給された卵を弘蔵に分けてやったのであった。二週間ほど共に住むことによって、彼は「小ブルジョアのインテリゲンツィヤよりも前科五犯というこの泥坊の方が、ずっと人情味があるよう」に感じたのである。中国の古い詩に、「盗賊も漸く（次第に）親しむ可し」と言うが、これと同じ感覚であると言えるだろう。河上博士は知識界をおおいに揺るがせ、最後にこういった経験をすることができた。その代価は小さくなかったが、たいへん貴重なものであったのだ。というのは、これが人々に反省を促すことができるからであり、もしこれに腹を立ててしまっては、その本質を見誤ってしまうことになるからである。

河上肇の『自叙伝』は、一九六三年、その中国語訳『河上肇自伝』上下二冊が、北京商務印書館から刊行されている。しかし周作人がここで取り上げている四冊本は、日本語の原本（一九四七—四八年、世界評論社）である。

周作人には厖大な数の著作があり、河上にふれた文章がほかにあるかも知れない。これについても読者の教示を得られれば、幸いである。

河上会の六年

本日は絶好の行楽日和、とびきりのよいお天気であるにもかかわりませず、遠くからの方々もまじえて、たくさんの会員の皆さまにお集まりいただき、有難うございました。

講師の畑田重夫先生には、わざわざ鎌倉からお出でいただきました。

河上先生ゆかりの方々で申しますと、毎回ご参加いただいている先生のお孫さんの鈴木洵子さん、洵子さんにはあとで「肇じいちゃんを語る」という寸劇を演じていただきます。

そして今回はじめてご参加の河上栄忠さん、この方は河上先生の弟にあたる暢輔さんのお孫さんで、群馬県から深夜バスで駆けつけていただきました。

それから河上先生の親友だった河田嗣郎さん（元大阪市大学長）のお孫さんである河田悌一先生、この十月に関西大学学長に就任されたばかりのお忙しい中を、お出でいただいております。

河上先生のお孫さん、先生の弟のお孫さん、先生の親友のお孫さんと、何だかマゴマゴしておりますが、今や河上会も孫の世代だということであります。しかし昨今の世の中は、何ともキナくさい、物騒な様子を呈して来ましたので、マゴマゴしているわけにはゆきません。

以上の方々のほか、海外から、といっても、九州、四国からでありますが、遠近を問わずたくさんの方々にご参加いただいております。

さて、さきほどの世話人選出でご紹介のありましたように、本日私はようやく世話人代表をやめさせていただくことになりました。六年前、断りつづけた揚句、断りきれなくて、それなら私は苗字が一海だから一回（任期二年）だけ、ということでお引き受けいたしました。ところが今年でもう三回（六年）になります。

中国の詩人李白に「一杯一杯また一杯」というおもしろい句がありますが、「一海一海また一海」というのはいただけない、「そのうえ一海もう一海」というのは、いっそういけない。そこでやめさせていただくことになりました。

六年前に代表になって以後のことを、年表ふうにまとめてみますと、次のようになります。

一九九七、一〇、二六　世話人代表就任
　　　　　一一、　二　岩国歌碑除幕式
一九九八、　四、　五　岩国ツアー　草川八重子氏講演
一九九九、　四、一七　河上肇生誕百二十年記念講演会
　　　　　　　　　　　加藤周一氏　一海知義　京都大学　五百名
　　　　　一〇、一六　河上肇生誕百二十年記念講演と音楽の夕
　　　　　　　　　　　井上ひさし氏　一海知義　松野迅氏　大谷ホール　八百五十名

二〇〇一、一〇、二〇　河上秀没後三十五年記念講演会
　　一海知義ほか　京都国際交流会館　二百名
二〇〇二、一〇、一九　末川博先生生誕百十周年記念講演会
　　甲斐道太郎氏ほか　ハートピア京都ホール　百名
　　　　一一、一六　岩国ツアー　一海知義講演
二〇〇三、一〇、二六　世話人代表を中野一新氏と交代

これらの行事を成功させることができたのは、ひとえに皆様のお力添えのおかげ、とりわけ世話人の方々の献身的な努力のおかげであり、厚くお礼を申し上げます。この間同様にたいへんなご協力をいただいた顧問の藤木福太郎さんと、世話人の紀平龍雄さんがお亡くなりになりました。つつしんで感謝と哀悼の意を捧げます。

最近の河上会の特色の一つは、女性パワーの進出であります。本日も女性二人の寸劇で会を盛り上げていただきましたが、一昨年の河上夫人秀さんを記念する会の成功は、もっぱら女性パワーによるものでした。

もうひとつの特徴は、本日の新しい世話人名簿を見ていただいてもわかりますように、若い研究者の参加であります。そして新しい代表は、これまでの代表の中で最も若い現職の京大経済学部教授、しかもお名前が中野一新、河上会は必ず一新されるものと期待して、私の退任のあいさつを終わります。どうも有難うございました。

紹介　畑田重夫先生

本日の講師畑田重夫先生をご紹介します。

先生は著名な政治学者ですから、いまさらご紹介するまでもないと思いますし、今日この会場の入口に置いてある先生の八十歳を記念して出された本をご覧になれば、詳しいことがお分かりになれます。先日『しんぶん赤旗』に載ったこの本の紹介文には、次のように書いてありました。「半世紀にわたって労働者の教育・学習活動、国際政治学の研究、平和運動、国際友好・連帯活動と幅広い活動をつづけ、『東京再生』の願いに応えて東京都知事選挙の候補者としても奮闘し、社会進歩のたたかいの先頭にたってきた畑田重夫先生。『金を残す人生は下、仕事を残す人生は中、人を残す人生こそ上』という、その言葉どおり平和と民主主義、社会進歩のために働く多くの人々を育て上げてきました。本書は畑田重夫先生の傘寿を祝って、その人々の手によって刊行されました」。

こうした事とは別に、先生と河上肇先生とのご関係については、ご存じでない方もいらっしゃるかと思いますので、少し紹介させていただきます。

畑田先生には『河上肇』というご著書があります（一九七三年汐文社刊）。その「序文」の中で、先生は次のように言っておられます。

わたくしには、生涯を閉じるまでに、最低二つだけは活字にしておきたいとかねがね期していたテーマがある。

その一つは、大学卒業以来もっぱらあたためつづけているライフ・ワークともいうべき研究課題――「戦後日本史とアメリカ帝国主義の朝鮮侵略戦争」（仮題）であり、いまひとつが、わたくし自身の生涯の総括的な記録である。後者をまとめるさいにはぜひとも、付随的に、わたくしの人間としての行き方に方向をあたえ、かつ、リードしてくれた河上肇ほか、二、三の先輩・恩師にかんする論稿をまとめておきたいと考えていた。（中略）

わたくしはいま、河上先生――ここにかぎってわたくしの家庭における平素の言い方にしたがってあえて先生という呼び方をゆるされたい――が、大学卒業後約三十年間、「毎日のやうにこの机に向ひ、私の世間に公にした五十余種の著作は、総てこの机の上で書き上げた」（河上肇『古机』八一ページ）という先生愛用の「古机」のうえでこの原稿を書くという奇縁にある。

不肖わたくしも大学卒業後今日までの研究生活、執筆活動はすべて河上先生の遺品ともいうべきこの「古机」のうえでおこなってきたのであった。ときとして、わたくしの生活が乱れそうになったり、怠け心が生じたこともあったが、そんなとき、いつもわたくしは、「古机」の主河上先生から無言の忠告と激励をうけている気持になり、みずからの姿勢を正したものである。

実は、河上肇著『自叙伝』のなかにある「畑田君の思い出」「畑田君の出版業と『資本論入門』（河上肇著作集六巻三一八ページ以下および二二五ページ以下）にある「畑田君」とはわたくしの義父にあたるのである。かえりみるに、わたくしたちの結婚も、河上先生の存在なくしてはありえないものであった。

「義父」というのは、奥さんの父上で、畑田朝治といい、河上先生が昭和の初期、京都大学を事実上追放になって上京、労農党の機関誌を編集されていた時の最も親しい仲間でした。同じ畑田姓だから、畑田重夫先生は畑田家に養子に入られたのかというと、そうではありません。結婚する時、どちらの姓にするかジャンケンで決めようというわけで、ジャンケンをされた。先生の方が負けたので、奥さんの姓、畑田を名乗ることになったそうです。

先生は政治権力に対しては滅法強いが、ジャンケンと女性には弱い、ということであります。

そのジャンケンと女性に弱い畑田重夫先生に、これからお話をしていただきます。

河上肇と日本敗戦

日本敗戦の日、河上肇は日記に次のような短歌一首を書きつけた。

あなうれしとにもかくにも生きのびて戦やめるけふの日にあふ

戦後しばらくして、大学生だった私はこの歌を知り、驚いた。軍国主義一色だった日本にも、こんな人がいたのか。

敗戦の日、私は海軍兵学校生徒。典型的な軍国少年だったのである。河上肇のような日本人がいるとは、夢にも思わなかった。

河上肇は昭和八年、治安維持法違反の容疑で逮捕投獄され、あしかけ五年の刑期を終えて、日中戦争が始まる直前（昭和十二年六月）釈放された。

以後、特別高等警察の監視のもと、一切の執筆を禁止され、戦時中の窮乏生活に耐えて、八年後、ようやく日本の敗戦を迎えた。

釈放後の河上は、無知な特高が理解できぬ「漢詩」という表現形式を用いて、おのが志と真情を吐露した。

如今《じょこん》（現在）　奇書を把《と》り得て坐《ざ》せば
尽日《じんじつ》（一日中）　魂は飛ぶ　万里の天

とうたったのは、アメリカのジャーナリスト、エドガー・スノウの「奇書」、中国革命のルポルタージュ『中国の赤い星』（英文）をひそかに読んだ時の作である。

「あなうれし」という和歌を知ったことは、軍国少年だった私の、戦後の歩みを決定する一つの原点だった。

それは、全くの門外漢である私が、「河上肇記念会」という全国組織の代表世話人をつとめてきた原点でもあった。

孤鶴凜然として逝く――羽村静子女士への弔辞

秋の法然院での河上会には、いつも河上博士の長女羽村静子さんのお姿が見られた。鶴のように痩せて、しかし背筋をシャンと伸ばした、矍鑠《かくしゃく》たるお姿を見かけなくなったのは、何時ごろからだったか。

足腰が弱られて御入院とうかがったが、姪の鈴木洵子さんによれば「それでも頭と口だけは、人一倍達者よ」ということで、さもあらんと安心していた。

静子さんと長時間お話したことはなかったが、一度だけ、杉原四郎先生と羽村家を訪れ、ご夫婦にインタビューを試みたことがあった。二十何年も前のことである。

羽村先生は「謹厳実直」が背広を着たような方だったが、どこかとぼけたところがあり、傍らの静子さんの顔を見ながら、次のような話をされた。

「この人の名はシズと言いますが、昔は書類に書くときには濁音をつけなかったので、戸籍名はシス。シズではなくて、シス。しかしシス、シスと言いながら、なかなか死にませんな」。

そのシズさんも、遂に天寿を全うして亡くなられた。享年九十八歳。痩せた鶴が枯れ果てていくような、大往生だったという。最期まで、凛乎としたところを失われなかった。

二十数年前のインタビューは、杉原先生との共著『河上肇――芸術と人生』（一九八二年、新評論刊）に収録したが、今では人の目にふれることも少なくなった。在りし日の静子さんを偲ぶよすがとしていただければ幸いである。

紀平龍雄追悼文集序文

紀平龍雄さんと知り合ったのは、何年前のことだったか。記憶が定かでない。しかし紀平さんへの追悼文を集めた『河上肇記念会会報』七八号（二〇〇四年一月）を読み返していて、記憶が少しずつよみがえって来た。

紀平さんと同じく河上肇記念会世話人の一人である小嶋康生さんは、次のように書いている。

かれこれ二〇年前のある日、大門さん（河上会発足以来の事務局長だった大門英太郎氏）から電話が入り、「紀平さんという方、知ってはりまっか。会を手伝ってやるというて手紙くれはった。嬉しいことや」と弾む声が届いた。

また、同じ世話人で現在の事務局長沖本彰さんは、さらに具体的に次のようにしるしている。

私たち（紀平さんや沖本さんたち）が記念会の世話人として活動をはじめたのは、一九八二年十月の定期総会の頃からではなかったかと思う。その頃は総会の議題として「世話人選出」はなく、ボランティア的に総会や講演会の準備を手伝う人が世話人である。

今から二十二年前、一九八二年十月の総会では、記録（紀平さんも有力な編集協力者だった「河上肇記念会小史」、一九九二年九月刊『河上肇記念会会員名簿』付録）によれば、脇村義太郎先生が「河上先生の思い出」と題して講演され、つづいて私も「河上肇の転期と詩」という題の講演をしている。またこの年には、『河上肇全集』（岩波書店）の刊行が始まっていた。

多分この頃、私は紀平さんと知り合ったのだろう。初対面の紀平さんからは、ユーモアやジョークが好きな、しかし根はきわめて真面目な人、はにかみ屋のロマンティスト、という印象を受けたように記憶している。

紀平さんは、世話人の中での事務局担当の仕事をすすんで引き受け、熱心に日常的事務をこなされただけでなく、会の発展のためにいろいろなアイディアを出された。会にとってなくてはならぬ存在だったが、志半ばにして病に倒れられたのは、ほんとうに残念である。

二十年を越えるお付き合いの中で、紀平さんはいろいろな印象と記憶をのこして去って逝かれた。それらの中で最も鮮明な印象の一つとして、私の記憶にのこっているのは、彼がきわめて筆マメな人だったということである。

紀平さんが亡くなったあと、河上肇記念会から追悼の言葉を求められたとき、私は「筆マメな人」と題する一文を草して、彼に捧げた。

最近紀平夫人由美さんから手紙が来て、紀平さんの友人たちの手で遺稿集がまとめられることになったという。手紙には整理された遺稿のリストが添えてあったが、遺稿の数はきわめて多く、彼の筆マメさは私の想像をはるかに越えるものであった。

追悼文「筆マメな人」の中で、私は紀平さんの文章の特徴についても、いささかふれている。由美夫人から求められた遺稿集のこの序文の末尾に、その一文を再録し、紀平さんの遺稿の解題に代えたい。

紀平龍雄さんは筆マメな人だった。わたしが河上肇記念会の世話人代表をつとめていたほぼ六年の間、毎年十数通、年によっては数十通の手紙やハガキをいただいた。

紀平さんは河上会の最も積極的で、活動的な世話人の一人で、会報の編集担当でもあったから、事務的な通信も少なくなかった。しかし多くは、山登りの体験や小旅行、日常生活の断想、世相についての批判、河上会の運営に関する意見、私が時々お送りする随筆に対する感想、ご自分の病気についての報告などが、しるされていた。

それだけでなく、つとめておられた学校の同窓会(?)の機関紙その他に書かれた紀行文、過去の思い出、教育についての意見などを、コピーしておくっていただいたことがしばしばある。

そして最近は、『河上肇記念会会報』にも、さまざまな文章を寄せられるようになった。それらの中で、とくに私の印象に残っているのは、「月下覆棋頻」(二〇〇〇年八月、六八号)、「河上肇と中野重治」(二〇〇一年二月、六九号)、「美留軒(河上肇行きつけの理髪店)」(二〇〇二年一月、七二号)などである。

「月下覆棋頻」は、河上肇の漢詩の一句をそのまま題にしたもので、読み下せば、「月下棋《き》を覆《ふく》することを頻《しき》りなり」。「覆棋」とは、碁譜を見ながら石を碁盤に並べて、碁の練習をすることをいう。紀平さんが、たまたま京都で開かれた河上肇遺墨展示即売会で、半切に墨書されたこの詩を手に入れ、それに触発されて綴られた文章である。これは、碁を愛した河上肇の姿を、晩年の河上日記の中から丹念に拾い出し、河上肇の人柄に心から傾倒していた紀平さんらしい、詳しい考証を加えた文章である。

「河上肇と中野重治」は、河上と中野の具体的な接点を、さまざまな資料を用いながら考証したものである。そこには従来にない新しい発見もあり、手堅い考証の跡から、紀平さんらしい旺盛な好奇心と、誠実な人柄をうかがうことができる。

「美留軒（河上肇行きつけの理髪店）」は、私も学生の頃、しばしば散髪にかよった懐かしい店、その当時ビリケン頭（頭がとがったアメリカの「福の神」の像に似た、とんがり頭の第二七代大統領タフト、その愛称ビリーにちなんだ呼び方）の主人は、まだ健在だった。紀平さんは、河上肇愛用（?）のこの店のことを知り、今は二代目がやっている吉田二本松町の店をわざわざ直接訪ねて散髪してもらい、ビリケンの息子さんから、河上肇と親爺についての思い出話を引き出すのである。

これらの文章には、紀平さんの誠実で丹念で、ユーモアを愛する人柄がよくあらわれている。一度お読みになった方も、是非もう一度読み直していただきたい。文章の背後から、紀平さんのちょっとはにかんだような笑顔が、浮かんで来るだろう。

まことに惜しい人を亡くしてしまった。

幻の書『陸放翁鑑賞』

昭和八年（一九三三年）一月、マルクス主義経済学者河上肇は、治安維持法違反の容疑で逮捕投獄された。

あしかけ五年に及ぶ獄中での読書は、厳しい制限を受けたが、中国古典詩、すなわち漢詩の差し入れは、無条件に許可された。当局はまさか漢詩に反体制的な「危険思想」が含まれているとは、思わなかったのだろう。あるいは思想を取り締まる特別高等警察が無知だったので、時に「危険思想」を含む漢詩が読解できなかったためかも知れない。

獄中の河上肇は「国訳漢文大成」という大部な叢書で、陶淵明、王維、杜甫、白楽天、蘇東坡など全集の注釈書を次々と差し入れてもらい、これを読破した。

出獄後も漢詩の魅力に取り付かれた彼は、宋代の詩人陸游（号は放翁、一一二五―一二一〇）の詩一万首を読み始め、五百首を選んでその注釈「陸放翁鑑賞」を書いた。

詩人、志士、求道者という性質を兼ね備えた陸游という人物に己れの投影を見、深く傾倒して、戦時下、食糧難の生活の中で、大部な原稿を書き上げた。

原稿は当然印刷刊行されるはずもなく、日本敗戦の翌年に栄養失調で亡くなったあと、その三年後（一九四九年）、ようやく陽の目を見た。

英文学者寿岳文章の解説、中国文学者吉川幸次郎の跋文を付し、上下二冊本として三一書房から刊行されたのである。しかし当時の劣悪な出版事情から、きわめて粗末な用紙でわずか千部しか出版されず、以後古書店に姿を見せぬ幻の書となった。

幻の書は、三十三年後の一九八二年、岩波書店から『河上肇全集』が刊行された時、その第二十巻として、私が若干の補注を加え、出版された。ところがこれまた、今では古書目録に登載されることのない稀覯本となってしまった。そこで今回、全集からは独立した単行本として新たに上梓されることとなったのである。

本書に付された跋文の中で、中国文学の専家吉川幸次郎は次のように言っている。

「この書物の大体は、大へん正確である。これまでしっかりした註に乏しい陸放翁の詩を、専門家でない人が、よくここまでこなされたと思うほどに正確である。」

現在私が主宰して陸游の詩を読んでいる「読游会」は、十余年来この書をテキストとして会読をおこなって来たが、河上注には、時に専門家が気づかぬ、鋭く深い指摘がある。

このたび本書がさらに多くの読者を得ることを、楽しみにしている。

III 陸游を読む

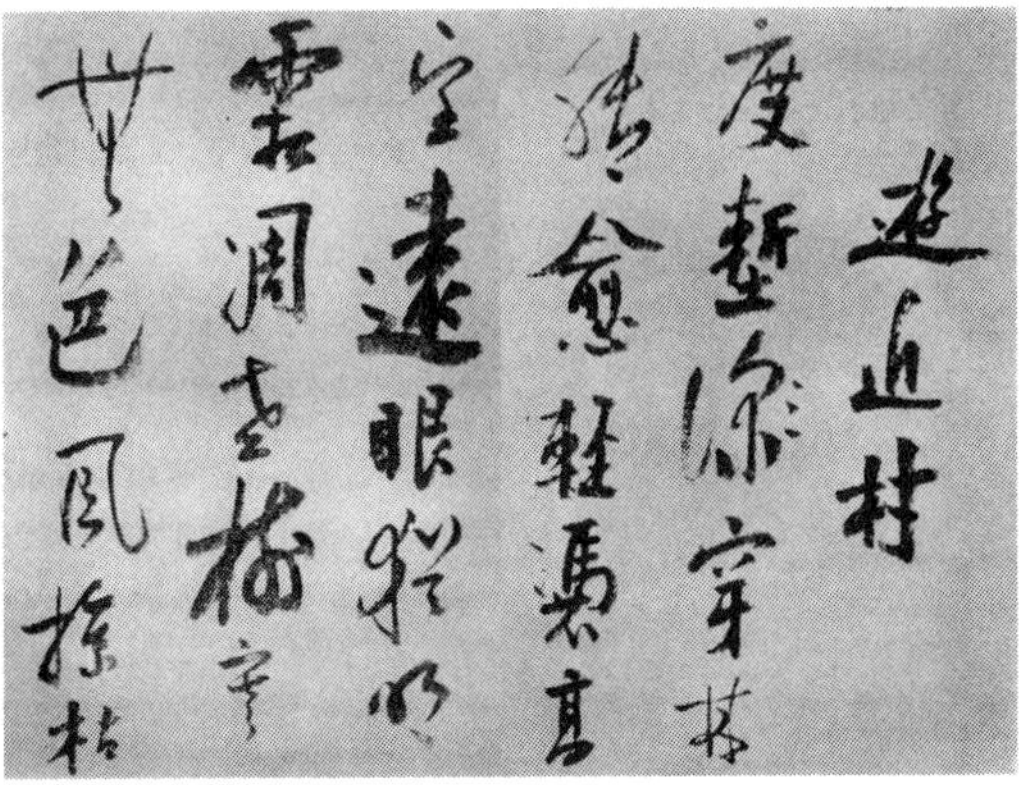

陸游の書（『宋陸游自書詩』より）

陸詩読解瑣語四則

宋代の詩人陸游（一一二五―一二一〇）の詩を読む会、読游会を、月一回のペースで始めてすでに十年近く、この六月には百回目の会を公開で行なった。毎回一首の輪読を原則として来たが、絶句の場合は二首読むこともあり、読解、討論の対象とした作品の数は百首を越える。

その間、参会者は毎回の精細な分析・吟味によって、陸詩について、また陸詩の読み方について、さらには中国古典詩一般の解読法について、かなりの知見を得たはずである。

ここでは、主として最近取り上げた作品を手がかりに、われわれが得た中国古典詩解読のヒントを紹介する。ただし、紙幅の関係もあって、そのごく一部の例につき、具体的に取り上げることとする。それらは一見些細なことのようだが、今後中国古典詩を読もうとする若い世代の人々にとって、いささかの津逮《しんたい》となるであろう。

一　対句と平仄

「新晴泛舟至近村偶得双鱖而帰――新たに晴れ、舟を泛《うか》べて近村に至り、偶《たま》たま双鱖《そうけつ》を得て帰る」と題する七言律詩（『剣南詩稿』〔以下『詩稿』と略称〕巻二十、河上肇『陸放翁鑑賞』〔以下『鑑賞』と略称〕九四頁）の頷聯、

青嶂会為身後塚
扁舟聊作画中人

『鑑賞』はこの二句を次のように読み下し、語釈を加えている。

青嶂会《たま》たま身後の塚と為り
扁舟聊《いささ》か画中の人と作《な》る

嶂《シャウ》。山峰の連りて屏嶂を成せるもの。身後の塚と云へるは、死してそこに葬らるる身たればなり。

右の「嶂」の語釈、また当日の発表担当者が、「青嶂」を「高くけわしい山」と注したのに誤りはない。しかし、死後「葬らるる」所、「骨を埋むる」所といえば、「青嶂」でなく「青山」ではないか。

その表現の最も早い例は、北宋の蘇軾（一〇三六―一一〇一）の七律「予以事繫御史台獄云々――予、事を以て御史台の獄に繫がれ云々」の第五句に、

是《いた》る処の青山　骨を埋む可し

と見え、これをふまえたわが国の僧月性（一八一七―五一）、あるいは村松文三（一八二八―七四）の作とされる七絶「将東遊題壁――将《まさ》に東遊せんとして壁に題す」の転結の句にも、

骨を埋むる　豈《あ》に惟《た》だに墳墓の地のみならんや
人間　到る処に　青山有り

という。

この「青山」を「青嶂」としたのは、平仄を合わせるためであろう。すなわち「山」は平字（○）、「嶂」は仄字（●）で、対句の隣の文字「舟」（○）と平仄を合わせるためには「山」（○）でなく、「嶂」（●）でなければならない。

したがって、ここで「嶂」の字義を穿鑿する必要は全くない。実景は高く聳える「青嶂」だとしても、ここでの語義は「青山」と同じである。

なお「青嶂」の解が右のごとくであるとすれば、「会」の字は『鑑賞』のいうように「会《たま》たま」ではなく、「会《かなら》ず」と読むべきであろう。そう読まなければ、これまた「会」と対をなす「聊」（いささか、まずまず今の所は）の字義と、整合しないからである。

「青山」は、『鑑賞』がいうような「たまたま」そこにわが身を葬るべき場所なのではなく、「かならず」骨を埋めるべき場所なのである。しかるにその深刻な場所を背景として、今は小舟を浮かべて「いささか」画中の人とシャレこんでいる、というのが、頷聯二句の句意であろう。

右の句意を生かして二句を読み下せば、次のようになる。

青嶂　会《かなら》ず身後の塚と為らんも
扁舟聊か画中の人と作《な》る

なおこれは別のことだが、唐詩では同時代の唐詩を典故として用いることは稀だけれども、宋詩には宋詩を典故とする例のあることも（陸游→蘇軾）、耳学問の一つとして覚えておいてよいだろう。

二　典故の陥穽

詩中に用いられる典故には、二つの種類がある。一つは、その典故についての知識がなければ、詩句の読解が全く不可能なケースと、いま一つは、知識がなくとも、一応表面的な意味は理解できる場合である。

たとえば、現代の作品を例にとっていえば、郭沫若《かくまつじゃく》（一八九二―一九七八）が岩波茂雄の死を悼んで作った七絶「一九五五年冬弔岩波茂雄氏墓書遺雄二郎君――一九五五年冬、岩波茂雄氏の墓を弔い、書して雄二郎君に遺《おく》る」の起承二句、

生前未遂識荊願
逝後空余掛剣情

読み下せば、

生前　未だ遂《と》げず　識荊の願《ねがい》
逝後　空しく余《あま》す　掛剣《かいけん》の情

前句の「識荊」が唐の詩人李白の故事、後句の「掛剣」が『史記』呉太伯世家に見える延陵の

季札の故事にもとづくことを知らなければ、二句の意味は全くわからない。

李白の書簡「韓荊州に与うるの書」にいう。「生まれて万戸侯に封《ほう》ぜらるるを用いず、但《た》だ一《ひと》たび韓荊州に識《し》らるるを願うのみ」。

季札は自らの佩剣《はいけん》を所望していた徐《じょ》の君主の死を知り、その墓前の樹に剣を掛けて立ち去ったという。

郭氏はこの二つの典故を用いて、生前岩波氏に会えなかったことへの痛惜の念を表したのである。

次に、典故の使用を知らずして、一応句意の読み取れる場合。たとえば、河上肇の七絶「偶成——対鏡似田夫」（偶成——鏡に対すれば田夫に似たり）の起承二句、

形容枯槁眼眵昏
眉宇纔存積憤痕

読み下せば、

形容枯槁《ここう》　眼は眵昏《しこん》
眉宇　纔《わず》かに存す　積憤《せきふん》の痕《あと》

この二句、典故の使用に気づかなくとも、一応次のように訳せる。「体は痩せ衰えて、眼はしょぼしょぼとよく見えぬ。しかし眉間には、わずかにそれとわかるほどの、積もり積もった憤《いきどお》りのあとがうかがえる」。

ところが、「形容枯槁」が都から追放された屈原の作品「漁父」、「眼眵昏」が韓愈の「短灯檠歌」（読書の歌）にもとづくことを知れば、鏡に映った河上肇の姿が、それらのイメージとオーバーラップして、詩意はぐんと深まるだろう。

これらの典故は、「形容枯槁」「眼眵昏」といった意味あり気な言葉を、読者が検索することによって判明する。

しかし詩中に、典故の存在を感じさせない、ごく普通の言葉が使用されていて、読者が気づかぬ場合が、往々にしてある。

たとえば『詩稿』巻二十一（『鑑賞』九八頁）に見える七律「行在春晩有懐故郷――行在《あんざい》にて春晩《く》れて故郷を懐《おも》う有り」の頷聯、

旧人零落北音少
市肆蕭疎民力殫

読み下せば、

旧人零落《れいらく》して　北音少《まれ》に
市肆《しし》蕭疎《しょうそ》にして　民力殫《つ》く

前句の「旧人」につき、『鑑賞』も当日の担当者も、語注をつけていない。それは両者とも、これが典故のある言葉だと気づかなかったためであろう。

こうしたごく普通の語が、しばしば「典故の陥穽《おとしあな》」となることがある。

「旧人」という語、実は『書経』磐庚《ばんこう》上に、

古我先王、亦惟図任旧人、共政。

と見える。読み下せば、

古《いにし》え我が先王、亦《ま》た惟《こ》れ図《はか》りて旧人に任じ、政《まつりごと》を共にす。

旧注は、「旧人」を「世臣旧家之人」という。陸游はこの語をただ「旧《ふる》い人」でなく、経書にいう「旧人」、陸游の時代に則していえば、北宋時代から仕えて来た旧臣たちを指して使っているのだろう。彼らの多くは「零落」、亡くなってしまい、今では「北音」(北方なまりの言葉)を使う者はまれになった、というのである。

『鑑賞』は「北音」を「北方の音楽」と解するが、それでは唐突すぎて、句意が通じまい。「旧人」はやはり「世臣旧家の人」、「北音」は「北方なまり」であろう。

さて、典故、あるいは典拠の存在に気づきにくい、もう一つの例を挙げてみよう。

『詩稿』巻二十一に「杭湖夜帰」と題する七律がある(『鑑賞』一〇三頁)。この詩題の「杭湖」について、『鑑賞』は固有名詞だと考えているようである。たとえば語注の中で、「この二句は杭湖に舟を泛べての話である」というのは、その証拠であろう。たしかに陸游の故郷の近くに杭州があり、「杭湖」はいかにもありそうな名である。しかし「杭湖」という名の湖はない。実は「杭」は名詞でなく、動詞である。この場合は典故というより訓詁といった方がよいかも知れぬが、その用例は遠く『詩経』にまで遡ることができる。すなわち『詩経』衛風・河広の詩に、

「一葦杭之」という句が見え（「一葦《いちい》」は一艘の小さな舟）、その毛伝に、「杭渡也——杭は渡るなり」という。これに従えば、陸詩の詩題は、「湖を杭《わた》りて夜帰る」と読むべきである。『正字通』が「杭は航と同じ」というように、「杭」には「航」と同音同義の用法がある。また陸游の別の詩「呉中米価甚だ貴《たか》し、二十韻」に、

　勿結迎神社
　勿飾杭湖船

という対句があり、迎神——杭湖という対から考えても、「杭」が動詞（渡る）であることは、明らかであろう。

三　数字と平仄

二字の漢語の場合、反対語を組み合わせた熟語（たとえば「有無」）や対《つい》をなす語（たとえば「花鳥」）は、平仄も対（反対）になっているケースがすくなくない。有無—仄平、花鳥—平仄。
　次の対句は、その一例である。

　春前有雨花開早
　秋後無霜葉落遅

読み下せば、
　春前　雨有らば　花の開くこと早く

秋後　霜無くんば　葉の落つること遅し

二句の平仄（○●）は、

○○●●○○●

○●○○●●○

となり、左右対《つい》になっている文字のうち「春─秋」はともに平字だが、あとはすべて平仄が逆になっている。

反対語

前後　○●

有無　●○

開落　○●

早遅　●○

対をなす語

雨霜　●○

花葉　○●

またたとえば、四字熟語の場合でも、

柳緑　花紅

そして、

花鳥　風月

の平仄は、

●●　○○

○●　○●

このように漢字・漢語は、まるで韻律を合わせるために作られた文字・言語のように思えるが、数字だけは例外である。すなわち、

一二三四五六七八九十百千万億

これらの平仄は、

●●○●●●●●●●●○●●

平字は「三」と「千」だけである。したがって数字を使って、平仄が逆の対句を作るために、「双」「孤」「無」といった平字の準数字（?・）で補われる場合があるが、とても追いつかない。

このように、「三」と「千」が数字の中で数少ない平字であるため、対句を用いた詩の中で頻用されることになる。たとえば、

烽火連三月

家書抵万金

また、

三五夜中新月色

二千、里外故人人心

これらの「三月」や「二千里」は、事実に則した信用できる数字だろう。しかし時に必ずしも事実に則さない「三」や「千」が使われる場合がある。

たとえば、『詩稿』巻二十に見える七律「舟中大酔偶賦長句——舟中にて大酔して偶《たま》たま長句を賦《ふ》す」（『鑑賞』九二頁）の尾聯、

古寺試求三丈壁
為君駆筆戦蛟虬

読み下せば、

古寺にて試みに三丈の壁を求め
君が為に筆を駆って　蛟虬《こうきゅう》を戦わさん

この「三丈壁」の「三」は、下三連（●●●）を避けるために、平字である「三」を用いたにすぎない。必ずしも実景を詠じたものではないだろう。

同様のことは、すでに「二　典故の陥穽」の章で引いた「行在春晩云々」と題する七律の頸聯についても言えるだろう。

帰計已栽千箇竹
残年合挂両梁冠

読み下せば、

帰計　已《すで》に裁《う》う　千箇の竹
残年　合《まさ》に挂《か》くべし　両梁の冠

「千箇竹」の平仄は、○●●。これまた下三連を避けるための措辞にすぎず、必ずしも実事の描写だと考える必要はあるまい。

四　陸詩和訳

中国古典詩の和訳を試みることは、詩を正確に読解するための一助となる。原詩のもつニュアンスを正確に把握していないと、訳せないからである。和訳は散文でもよいが、時に韻文風に訳してみるのも、一興であろう。

しかし一般的に言って、漢語のもつ硬質性と、和語の柔軟性という差異もあって、原詩と和訳を「等価交換」することは、なかなかにむつかしく、成功しない。

わが国では江戸時代以来、さまざまな和訳が試みられて来たが、近代になってからも、佐藤春夫、井伏鱒二、土岐善麿、武部利男など、バラエティに富んだ少なからぬ和訳があり、それぞれに味わい深い。しかしそれらとはまたひと味ちがう和訳の実験が、新たに試みられることに、期待したい。

先達の一例として、河上肇の陸詩和訳がある。これは五言四句の絶句を、五句に訳しかえた独創的な実験であり、訳が詩になっている（『河上肇全集』第二十巻四七五頁）。

花を移して雨を喜ぶ

移花遇小雨、喜甚、

為賦二十字

独坐閑無事　焼香賦小詩

可憐清夜雨　及此種花時

ひとりゐのしづけさにひたり

香をたきて詩を賦す

あはれこの清き夜を

音もなく雨のふるらし

けふ移したる花の寝床に

このたくみな河上訳を読んで、私もひとつ、とはなかなか決心しにくいだろうと思われる。そこでこれまで読游会で読んできた作品の中、絶句二首の愚訳、戯訳をお目にかけて、「引玉之磚《せん》」としたい。

雑感

小軒幽檻雨絲絲
種竹移花及此時
客去解衣投臥榻
半醒半酔又成詩

陋屋《ろうおく》ノ窓ノ手スリニ　雨シトシト
花ノ移植ハ　間ニ合ヒマシタ
オ客モ帰ッテ　寝椅子ニクツロギ
ホロ酔ヒ気分デ　マタ詩ガデキタ

斎中聞急雨

一味疎慵養不才
飯蔬亦已罷銜盃
衡茆終日人声絶
臥聴芭蕉報雨来

怠ヶ者ユヱ　世渡リハヘタ
粗末ナ食事ニ　酒マデヤメタ

ボロ屋ハ一日　人声モナク
芭蕉ノ葉ヲ打ツ　ニハカ雨

『陸游語彙抄』序文

宋代の詩人陸游の詩を読む「読游会」が始まって十年、その間に大きく変化したことの一つは、コンピュータの利用である。

会員の小田美和子さん（現在、宮城教育大学）が作られた陸詩一字索引のソフトをパコソンに入れ、全員がこれを活用するようになったのは、三年ほど前からか。

今から四十余年前、私は岩波書店が刊行する「中国詩人選集二集」の『陸游』を担当執筆することとなり、陸詩一万首を読んで約百首を選び、これに語釈・和訳・解説を加えた。

読み進めて行くうちにふと気づいて、陸詩の語彙の必要と思われるもの、それを含む詩句を、ノートに摘録し始めた。本が出た後も、陸詩を読むたびに語彙を抄録し、大学ノートは二冊となった。一万首の語彙抄としては、もちろん不完全なものである。けれども、以後陸游について論文や随想を書くとき、このノートはなかなか役に立った。

ところがコンピュータの出現によって、このノート二冊は無用の長物と化してしまった。陸詩の語彙は、パソコンのキーを叩けば、一瞬にして検索できるからである。

しかしながらこのノートにも、いささかの取り得がないわけでもない。たとえば陸詩の中に陶淵明がどのような形で登場するかを調べる場合。パソコンは、淵明、陶潜、元亮、栗里、靖節、陶令、彭沢令、陶詩、陶謝、といった淵明のさまざまな呼称を検索する時は、きわめて網羅的で便利である。一方、「和陳魯山十詩以孟夏草木長云々為韻」(『剣南詩稿』巻一)、「従来吾亦愛吾廬」(巻八)、「相逢但喜桑麻長」(巻二二)、「柴門雖設不曾関」(巻五六)、「幽居記今昔事十首以詩書従宿好林園無俗情為韻」(巻七六)といった淵明の呼称が全く見えない陸詩の詩題や詩句に、実は陶詩の語彙や詩句が引用されていることを、パソコンは教えてくれない。

私が「いささかの取り得」といったのは、そうしたことを指している。ノートは、その種の語彙も若干拾っているからである。まことに不完全なノートだが、友人の慫慂《しょうよう》もあり、少許の部数コピーをして、若い友人たちに頒つことにした。若い人たちが、これを手許に置き、コンピュータが教えてくれぬさまざまな語彙を拾って、書き加えてくれれば幸いである。

読游会十周年記念の会

本日は私どもの会のために、遠くは東京、広島、名古屋からの参加者もふくめて、たくさんの方々にわざわざお集まりいただき、有難うございました。

読游会第一回の集まりは、一九九三年四月十七日でしたから、今日はちょうど十年と一か月目になります。「十年一日のごとし」と言いますが、この十年間、文字通り十年一日のごとく、毎月一回、飽きもせずに陸游の詩を読んでまいりました。

しかし一方、「十年ひと昔」という言葉もありまして、このひと昔の間にはいろいろと変化もございました。大きな変化は三つ位かと思います。

第一の変化は、メンバーの数であります。最初の会員は十三名。第一回の時はそのうち十一名が集まりました。会場は、神戸元町の山手にある料亭、というか飲み屋「薩摩道場」の二階であります。

私の日記によれば、当日は「午後四時から六時まで二階でテキスト（河上肇『陸放翁鑑賞』）を読んで階下に降り、六時から九時まで酒を飲む」とあります。読游会の「読」は勉強、「游」はもちろん陸游の游ですが、遊ぶという意味もあります。勉強二時間、飲酒三時間。この第一回目の時間配分は、会の性格をよくあらわしております。

勉強に来るのか、飲みに来るのか、今では登録会員の数は、男女合わせて五十名を超えました。年齢も七十を過ぎた老人から、二十歳の学部学生まで、職業も大学、高校の教師、大学院生、学部学生、会社員、フリーター、僧侶、主婦、そして中国人の参加者も年々増えて、バラエティに富んでまいりました。これが変化の第一であります。

第二の変化は、阪神大震災（一九九五年一月十七日）によるものであります。会を始めて二年目でした。会場の「薩摩道場」は半壊。しかし読游会は不死鳥のごとく立ち直り、と言うと大袈裟ですが、三月には関帝廟の近くにあった日中友好協会の中国語教室を借りて再開しました。ただし集まったのは九名。階下へ降りて飲むというわけにもいきません。だが、やがて酒肴持ち寄りで宴会も再開。焼け太りというのか、その後会員はどんどん増えてゆき、今は阪急岡本に移った日中友好協会で「読」、あとはわざわざ三宮の「薩摩道場」へ民族大移動して「游」。相変らず意気盛んであります。

第三の変化は、コンピュータの導入というか利用であります。会員の小田美和子さん（現在、宮城教育大学）が作られた陸詩一万首の一字索引ソフト、それをみな利用して発表、討論するようになりました。たとえば「山居」という言葉を引くと、十九例出て来ます。それらの詩を読むと、「山居」が山小屋でなく、平地にある隠居所であることがわかります。コンピュータは大いに陸詩の読解力を高めてくれております。

かくて六年目（一九九九年）には、公開の会を開いて文集を出し、昨年（二〇〇二年）の百回記念の会も公開にし、また文集を出版しました。

そして十年目の今日も公開して、会員の中の専門家、家庭の主婦、そしてお坊さんという、毛色の変った人々――坊さんに毛はありませんが――に、話していただくことにしました。

また会員の中に、さきにふれましたように在日中の中国の大学教授や中国人留学生が増えてまいりましたので、今日はそのお一人に中国現代詩の朗誦をしていただきます。

どうかごゆっくりと、お楽しみください。

ところで今読んでいるテキストで、まだ読み残している詩の数は約四百首。毎月一首のペースで読んでいますから、一年に十二首、全部読み切るのに、これから三十三年かかる計算になります。読み終えた時、私は百七歳。いくら私が厚かましくても、それはちょっと無理でしょうから、やがて後継者が現れ、この会が今後も長くつづいて行くことを期待いたしまして、開会の挨拶といたします。

読游会

大学を停年退職して十余年、若い人たちと中国の詩人陸游の詩を読む会「読游会」をつづけて来た。

その記録が近く岩波書店から出版される。『一海知義の漢詩道場』というはれがましいタイトルになるはずである。

著者としてでなく、本の題名に私の名が出るのは、これで二回目である。一回目は『一海知義を祭る――生前弔辞』。

大学を辞める時、ふつうは『○○教授退官記念論文集』といった類の本が出るが、私の場合は仲間が寄ってたかって私を亡き者にし、六十数名の弔辞を集めて本にした。

今回の『漢詩道場』も、出版社としては異色の本だろう。二十数名が執筆した、漢詩の輪読会の記録である。

それは漢詩読解の結論だけでなく、そこに至る経過を示す一種のルポルタージュだという点で、異色である。

読游会が長続きしているのは、一つには、陸游という詩人の作品のおもしろさ、それを読み解いて行くことの楽しさがあるからだろう。

二つには、討論の過程を経て出て来る結論の意外性、ということにある。作者である詩人がもともと描いていたはずの心象風景が、討論を重ねているうちに、靄《もや》の立ちこめる中から徐々に姿を現す。この本は、それをドキュメンタリータッチで描いている。

三つには、会のあとの酒宴。これは説明するまでもないだろう。このしめくくりがある限り、会は当分続くだろう。

『一海知義の漢詩道場』出版記念会

「報告集」小序

中国宋代の詩人陸游の詩を読む会「読游会」のドキュメントが、『一海知義の漢詩道場』というタイトルで、二〇〇四年三月二十五日、岩波書店から出版されました。そして四月十七日、それを記念した集まりが開かれました。この小冊子は、当日の講演その他の記録です。

当日は百名を越える方々が参加され、熱心に講演や発言に耳を傾けておられました。この冊子の主な部分はその日の記録ですが、後半には本の出版や記念会についてのその後の新聞記事、本に寄せられた書評なども集録いたしました。

『漢詩道場』は幸いにも好評を得、出版の一か月後に二刷、二か月後には三刷と版を重ねております。また私たちがテキストとして使用して来た『陸放翁鑑賞』(一九八二年、岩波書店刊「河上肇全集」第二十巻)が、近く別刷の単行本として上梓されることになりました。これを契機に、陸游の詩、ひいては中国古典詩の読者が、いわゆる「漢詩」を読む楽しさを共有され、また若い研究者が、「漢詩」読解への一層の興味と関心を持たれるよう期待しています。

今回の本の出版と記念会の行事には、多くの方々の助言と協力を得ました。ここに厚く感謝の意を表します。

『漢詩道場』と陸游の詩

本日はたくさんの方々にお集まりいただき、ありがとうございました。

出版記念会といえば、ふつうは著者以外の人が企画して祝ってくれるものですが、誰も祝ってくれないので……というのはウソで、この本は私一人が書いたのでなく、二十五名もの人間が寄ってたかって書いたものですから、お祝いもみんなで寄ってたかってやろう、ということになりました。そういう厚かましい会に、こんなにたくさんの方々にお出でいただいて、恐縮しております。

『漢詩道場』というこの本のことや出版の経緯、読游会のことなどについては、本の中にも書き、これから何人もの方がお話の中でふれられると思いますので、今日は私が最も苦手とする数字――陸游という詩人の詩の数について、お話したいと思います。

この本で取り上げた詩はわずか二十一首に過ぎませんが、陸游がのこした詩の数は、全部で約一万首です。テキストに使った『陸放翁鑑賞』の著者河上肇博士が作られた漢詩に、次のような詩句があります。

放翁詩万首　放翁　詩　万首

一首直千金　一首　千金に直《あたい》す

約一万首、正確に言いますと、ほぼ九千二百首です。先年私が中国杭州の大学で行なった講演の中で、この数についてふれましたら、聴いておられた陸游のお孫さん、といっても三十二代目の孫だそうですが、陸堅さんという大学教授から帰国後手紙が来まして、「貴方の話は極めて実証的で正確であった。特に陸游の詩の数についてはさまざまな説があるが、私自身あらためて丹念に数えたところ、やはりほぼ九千二百首である」、と書いてありました。

最近ある人が発表したところによると、九二三九首だそうです。九二三九首を二十一首で割ると、四三九・九五二三八。約四四〇。すなわち陸游の詩を全部取り上げて、この『漢詩道場』のような本を出すとすると、四百四十冊書かねばならない、ということであります。

私が陸游について本を書いたのは、今から四十二年前でした。ここに持って来ましたのが、その本です。小さいながら箱に入っていまして、箱入り娘のような可愛い本です。奥付をみますと、刊行日は、一九六二年七月二十三日、定価二百二十円、とあります。当時は消費税などというものはありませんでした。

この小さな本は、陸游の詩約百首を選んで注釈を施しています。一万首の百分の一。一パーセントです。

一パーセントの百首を選ぶために、私はひと夏かけて一万首の詩を、メモをとりながら読みました。

それから三十年の歳月が流れて、十年ほど前、若い人たちと陸游の詩を読む会、読游会が始まりました。毎月一回、陸游の詩一首を読むので、一年に十二首ということになります。九二三九を十二で割りますと、七六九・九一六六六……。約七百七十年かかることになる。仙人ではないのだから、八百年生きるのは無理です。

そこで約五百首を選んでいる河上肇『陸放翁鑑賞』をテキストにして、読み始めることにしました。これだと五〇〇割る一二で、四一・六六六……。四十二年かかれば読みきることができる。すでに十一年間読んで来ていますから、あと三十一年。ことしは二〇〇四年だから、三十一年足すと、二〇三五年。

二〇三五年、私は百六歳になっているはずです。めでたし。めでたし。

今日の会では、私は俎の上の鯉になった心境です。すこし太った鯉で申し訳ありませんが……。これからいろいろな方に、ご自由にお話していただきます。

まず岩波書店編集部の米濱さん。米濱さんとは河上肇全集のとき以来ですから、もう二十数年間のお付き合いになります。その腐れ縁のために、『一海知義の漢詩道場』などというヘンな題の本の出版を引き受けさせられて、さぞ腐っておられることと思います。そのご心境と出版の経緯についてお話しいただきます。

次に京都国立博物館の館長をしておられる興膳さんと、立命館大学名誉教授の筧さんに、漢詩道場を外から覗いた感想と、中からながめての意見を述べていただきます。お二人とも京都大学中国文学科の出身で、プロの中国古典文学研究家です。

そのあと「門人冗語」と称して、読游会会員の人たちの話。「冗語」の「冗」は冗談の冗ですが、冗談を強要するわけではありません。「冗語」とは「無駄話」という意味です。何でもいいから勝手に喋れ、ということです。

ちょっとお断りしておかねばなりませんが、さいごの筧久美子さんは門人ではありません。神戸大学での私の同僚で、五十年来の友人であります。読游会では若い会員たちの元締め役、きょうも多分あちこちに飛ぶであろう「冗語」を締めていただきたいと思います。

そして彭佳紅さんの朗誦。『道場』の最初に彭さんが担当された七言絶句「蓼の花」が出て来ますが、その原詩と、彭さんが現代中国語に訳された二種の訳詩。七言八句で脚韻を踏んだ定型訳と、「詞（中国音で読めば、ツ）」のような形の不定形訳です。

最後に、読游会発足当時から事務局長的役割していただいている魚住さんに、全体のしめくくりとしての閉会の言葉を述べていただきます。

魚住さんは書家で『道場』の表紙、陸游自筆の詩をあしらった表紙カバーのデザインも考えていただきました。読游会の事務局は魚住研究室に置かせていただいていますが、ここには女性パワーとでも呼ぶべき強力なスタッフがいまして、今日の会の準備もすべてこの人たちを中心に進められました。『道場』の出版についても、いろいろとアイディアや注文を出され、岩波編集部からは一海軍団と恐れられています。今日のお土産に読游会マーク入りの瓦煎餅や、漫画入りファイルなどという奇抜なものを思いついたのも、彼女たちです。この軍団ある限り、読游会は永遠に不滅であります。

本日はどうぞごゆっくりとお楽しみください。

ありがとうございました。

『漢詩道場』編者からのメッセージ

ヘンな題の本ですが、文字通り「漢詩」を読む力を鍛える「道場」の記録です。道場は十年ほど前に開かれましたが、最初の門人は十二、三人、今では登録人員五十名を超え、毎月一回、多い時は二十数名が技を鍛えに神戸に集まります。

集まるのは、七十代の老人から二十になったばかりの学生まで、多くは中国文学や日本古典文学を専攻する日中両国の大学教師や大学院生、学生ですが、中にはお寺のお坊さんや家庭の主婦もいます。

毎回一人の担当者が、中国宋代の詩人陸游の詩一首を丹念に調べて来た内容を、プリントにして配る。それを参加者みんなで叩く。かくて討論が始まるのです。

道場には道場主である老師範の他に、名誉教授の師範代が二人いて、討論に参加します。こう書くと、何だかおそろしげな会のようですが、実際は毎回冗談が飛び交い、笑い声の絶えない集まりです。

最初にこの会の記録を本にしようと思い立った時、本の題を『漢詩をよむコツ　半解先生の漢詩高座』にしようという案が出ました。そして次のような「小序」まで用意されたのです。

半解先生、姓は一海、名は知義。姓と名より各一文字を採れば、一知。すなわち「一知半解」の人なりと称す。

「一知半解」なる語、中国は宋代、厳羽の著『滄浪詩話』に出で、知識の十分わがものとならず、極めて浅薄なるをいう。すなわち、生半可。

その半解先生、いつの頃よりか、人々を集めて「読游会」なる漢詩講座を始めた。宋代の詩人陸游の詩を読む会である。

ジョークの好きな先生の「講座」は、ときに「高座」の如き様相を呈し、人々はしばしば呵呵大笑する。名づけて「半解先生の漢詩高座」という。

しかし「高座」は噺家が高い所から一方的に喋りまくるのだが、これは討論の会なのだから「道場」としてはどうか。編集者からそう言われて、泣く泣く(?)『道場』にしました。

「読游会」の「読」は勉強、「游」は陸游の游ですが、「あそぶ」という意味もあり、勉強が終わった後には、小宴会。これがまた愉快で、毎回遠く広島や福井、名古屋から通って来る会員もいます。詩を読みに来るのか、酒を飲みに来るのか。

ただしこの本、宴会の記録ははぶいてあります。

IV 漢字・漢語

羊 6画 ヨウ(ヤウ) ひつじ

解説 象形。前から見た羊の形。羊を正面からみて、その角《つの》と上半身を写した形である。羊の角から後ろ足までの全体を上から見て写した形は美である。正面から見た牛の形は牛であるが、牛は羊に比べて角が大きくかかれている。羊は牛などとともに神に供える犠牲（いけにえ）として使われたり、羊神判《ようしんぱん》にも使用された。犠牲として神に供える羊に欠陥のないことを確かめることを義という。もとは牛のいけにえを犠といった。

用例 羊皮 羊の皮／羊毛 羊の毛／牧羊 羊を飼うこと

白川静『常用字解』より

漢字の未来についての予言

漢字は将来どうなるのか。この問題について、中国と日本の知識人たちが積極的に論じ出すのは、おおむね十九世紀末からである。二十世紀になると、ここに紹介するように、何人かの著名人が、漢字の未来について予言し始める。

まず、中国の作家魯迅《ろじん》（一八八一―一九三六）。彼は亡くなる前年に、次のような言葉をのこした。

漢字不滅
中国必亡

この四文字を重ねた対句は、次のように読める。

漢字　滅《ほろ》びずんば
中国　必ず亡《ほろ》びん

魯迅はここで漢字の未来について、直接予言しているわけではない。しかし、漢字がなくならぬ限り、中国そのものが先になくなるだろう、と言っているのだから、中国を滅亡から救うためには、漢字をなくさねばならぬと、「当為」の形で警告、予言したのだと言っていいだろう。
この二句は、皮肉にも「否定さるべき漢字」がもつ優越性、漢字の「対句」という表現形式がもつ美的優位性を、そなえている。具体的に言えば、
名詞（漢字）＋副詞的修飾語（不）＋動詞（滅）
名詞（中国）＋副詞的修飾語（必）＋動詞（亡）
と、内容的にも文法的にも、そして文字数・音数的にも、シンメトリカル（左右対称形）に整備された美的構成をもつ。表音文字では対抗しにくい、漢字・漢語特有の簡潔で刺戟的なこの表現によって、魯迅の言葉は人々に衝撃的な強い印象を与えた。
当時このアピールは、多くの中国知識人の賛同を得た。しかしあれから七十年、現在の中国人でこの意見にただちに賛同する者は、多分いないだろう。その間には、ワープロ、コンピュータという漢字にとって画期的な発明が介在し、人々の意見の変更に影響を与えた。
もう一人の予言者は、周恩来（一八九八―一九七六）である。
一九五八年、周恩来は政治協商会議全国委員会の席上、「当面の文字改革の任務」と題する報告を行なった。ここでいう「文字改革」とは、周自身の言葉を借りれば、「漢字を簡略化すること、共通語（標準語）を普及すること、漢語ローマ字化案を制定・推進すること」の三点を、その内容とする。
この報告の中で、周恩来は漢字の未来について、大要次のように述べる。

――漢字は将来必ず変化するだろう。そして世界各民族の文字は、必ず統一の方向にむかうだろう。さらに言語さえも、統一されて行くにちがいない。

この意見は、かつて毛沢東（一八九三―一九七六）が、「世界の文字は統一され、言葉も統一されて、一つの言語となるだろう」と述べたことと、符合する。

周恩来はまた次のようにも言う。

――漢字の前途についていえば、漢字は千秋万歳にわたって変わらないのか、それとも変わるのか。それは漢字自体の形を変えてゆくという方向で変化するのか、それとも表音文字にとって替わられるのか。それはローマ字方式の表音文字にとって替わられるのか、それとも別の方式の表音文字にとって替わられるのか。

こう問いかけた後の、周恩来の結論はこうである。

――この問題について、われわれは現在あわてて結論を出す必要はない。しかし、漢字が将来必ず変化することに、まちがいはない。

急いで結論を出す必要はない、というのが彼の結論だが、しかし「表意文字である漢字が表音文字にとって替わられる可能性」を、視野に入れての結論であった。

周恩来がこの報告を行なう六年前（一九五二年）、日本の中国語学者倉石武四郎（一八九七―一九七五）は、『漢字の運命』と題する著書（岩波新書）を世に問うた。「漢字の運命」についての予言を試みたのである。

同書はその前半で、過去の中国における漢字音標化、ローマ字化の運動について、詳細に分析紹介しているが、最終章「漢字の運命」に至って、中国と日本における漢字の未来について予言する。

その中で倉石は、さきの周恩来の意見にふれ、周が「漢字の変化」の前提として、次のように述べていることに注目する。

——世界にはラテン字母〔一海注、ローマ字〕を書きことばの符号として採用している国は六十以上もあるが、これらの国々はラテン字母をうけいれたのち、必要な調整と加工をくわえて、自国のことばの要求に適応させた。だから、それは各民族自身の字母になっている。おなじようにわれわれ〔一海注、中国人〕がラテン字母をとりいれ、これに手をくわえて漢語むきのものにすれば、もはや古代ラテン語の字母でなく、ましてや、その他いずれの国の字母でもない。

倉石は、漢字の未来についての周恩来の意見が、ローマ字化を視野に入れていることを強調しているのである。

倉石はまた、もう一人の著名な中国人郭沫若《かくまつじゃく》（一八九二―一九七八）の意見も、紹介している。倉石が一九六〇年、中国で郭沫若と会ったときのエピソード。

——わたしは「漢字は将来どうなりますか」とたずねた。郭さんは即坐に「永遠に保存される」とこたえられた。わたくしはかさねて「どこで保存されますか」とたずねると、郭さんは「博物館で」とこたえられた。

漢字は将来実社会では消滅し、「博物館入り」になる、というのが郭沫若の予言だった。

さて、倉石自身の意見はどうか。彼はいう。

——漢字は中国が近代化するにつれて追放される運命にあることは予言して憚らない。

では、日本ではどうか。倉石は、同書（一九五二年初刷）の「第九版あとがき」（一九五七年）で、次のように述べる。

——日本の漢字が中国よりおそくまで保存されるであろうという予言は、今なお訂正の必要はないと考える。

倉石がこのように言うのは、同書の（五年前の）本文の中で、日本の漢字が中国より長く「保存」されるであろうことにつき、日本における「仮名の存在」その他四つの理由をあげて力説していたからである。

ただし倉石も、中国で漢字が「追放」される「時期」を予測するのは容易でないといい、日本で漢字が「保存」される「期間」についてはは言及しない。

さて、倉石は中国語学者だが、以上紹介して来た著名人たちのうち、魯迅は作家、毛沢東と周恩来は政治家、郭沫若も作家であった。中国の言語学者の意見はどうか。

これは倉石も同書の中で紹介しているのだが、中国の代表的な言語学者黎錦熙《れいきんき》（一八九〇—一九七八）は、一九五〇年十一月五日付の『光明日報』に一文を寄せて、次のように「予言」した。

終於必廃而不能久存
暫時必存而不可遽廃

これまた漢字・漢語の独擅場、「対句」の手法の妙味を発揮した表現であり、読み下せば次のようになるだろう。

終《つい》には必ず廃せられて、久しくは存する能《あた》わざるも、
暫時《ざんじ》は必ず存せられて、遽《にわか》には廃す可からず。

倉石はこの二句を、漢字葬送の輓聯に擬している。

以上、著名人たちの予言に共通するのは、次の二点である。

一、漢字が未来永劫存在するということはあり得ず、必ず消滅する。
二、ただし消滅の時期については、確言できない。

これらの人々の発言に共通するもう一つの点は、コンピュータ大衆化以前の意見だということである。

ところでコンピュータ出現以後、事態はどう変わったのか。パソコンで漢字が簡単に打ち出せるようになって、人々はかえって漢字という表意文字が本来もつ特長、その速読性や造語力などプラスの側面を再認識、再評価しつつある。そして今や、漢字消滅の可能性や時期について、人々の予言は、コンピュータ以前にくらべると、かなり慎重になって来たように思われる。

閑人侃侃の語

「侃侃諤諤」

侃侃諤諤（カンカンガクガク）という言葉がある。音の響きから、大声で論争しているように聞こえるが、そうではない。大声で騒ぎ立てるのは、喧喧囂囂（ケンケンゴウゴウ）である。侃侃諤諤の方は、辞書を引いてみると、「剛直で言を曲げないこと」（『広辞苑』）、あるいは「忌憚なく直言すること」（『大漢和辞典』）とある。もともと中国の古典に見える言葉で、中国の辞書では、「直言無忌」（『漢語大詞典』）という。「直言シテ忌《い》ム無シ」、直言してはばからぬことである。

この度の私の随想集は、この「侃」の一字を採って、タイトルを『閑人侃語』とした。侃語というのはあまり見かけぬ言葉だが、侃侃諤諤の語のつもりである。

「帰林閑話」

「閑人」の方は、ひま人の意。何もすることのない人間である。なぜすることがないのか。退職したからだ。別に「閑職」という言葉があり、この場合は職に就いているのだが、職場に出ても何もすることがない。いわゆる窓際族で、これまたひまである。

ところで私は、本誌『機』に「帰林閑話」と題して雑文を連載しているが、この「閑話」も同じ意味で、ムダ話、何もすることがないからついしてしまうムダ話である。「帰林」は、古来中国で引退・隠遁することをいう。したがって「帰林閑話」は、隠居のムダ話。

第五随筆集

この連載は、私が国立大学を停年退職してから書きはじめ、近く百回目を迎える。この間ほぼ十年間。その前、新評論のPR誌『新評論』に、「読書人余話」という短文を連載していた。これは約一年半。当時藤原良雄君は新評論の編集長だったが、その連載が機縁となり、私の第一随想集『読書人漫語』（一九八七年）を同社から出していただいた。

その後藤原君は独立して藤原書店を創設、さきの「読書人余話」を軸に他の随筆をまとめて、第二随想集『典故の思想』（一九九四年）が同書店から出る。

またその後、藤原書店のPR誌『機』に「帰林閑話」の連載がはじまり、その連載を区切ってこれに他の随筆を加え、第三随想集『漱石と河上肇』(一九九六年、連載第一回—三三回)、第四随想集『詩魔』(一九九九年、第三四回—五四回)をやはり同書店から上梓。そして今回の『閑人侃語』は、第五随想集ということになる。

「侃語」はどれほどあるか

「侃語」などとエラそうなタイトルをつけたが、本書の中に「侃語」に値する文章がいくつあるか、といわれれば、いささか心許ない。しかし昨今の世の中、腹の立つことがあまりにも多すぎる。国歌国旗法、有事立法、税金のムダ使い、政治家の失言、立腹のタネには事欠かない。しかしただ腹を立てるばかりでは、血圧によくないので、文章にして発散させる。それが時に「侃語」めいた発言となる。

といっても、年中腹を立てているわけではない。私のレパートリーは中国文学、陶淵明や陸放翁、そして日本漢詩、河上肇や漱石、さらに日本語や漢語の問題など、やはりそれらについて考えたり、書いたりしている時間が多い。その結果をまとめたのが、本書である。

本書の「はしがき」にも書いたように、本書全体が「閑人」の語であることは確かだが、「侃語」と呼べるものがいくつあるか。読者の判断を俟つしかない。

書評　白川静『文字講話Ⅰ』

日本人の大部分が、漢字は難しいと思っている。漢字は数が多すぎる。画数が多すぎる。読み方が多すぎる。おぼえるのが難しい。書くのが難しい。その「多」さと「難」しさに、人々は閉口する。漢字の勉強は、前途「多難」である。

ところが本書の著者は、その難しい漢字に打ち込んで、本年九十二歳。今も現役で、多くの受講生を前に二十回の連続講演（白川文字学のまとめ）を行なうことを思い立ち、難しい漢字についてやさしく語りかける。その第一話—第五話を記録したのが、本書である（二〇〇二年、平凡社）。

話題は文字、漢字に限らず、次の目次が示すように、豊富多彩、人間のさまざまな文化現象に及ぶ。

一、文字以前
二、人体に関する文字
三、身分と職掌
四、数について

五、自然と神話

語り口はやさしいが、内容は文字通り学の蘊蓄《うんちく》を傾けたものである。しかも多数の図版や表などの資料を随処に挿入、まことにビジュアルに構成されていて、聴衆（読者）の理解を助ける。

二十話全体の予定は、書物の帯にすでに示されていて、それらのテーマは実に刺激的、魅惑的である。たとえば、

「原始の宗教」

「戦争について」

「人の一生」

「文字の構成法」

「漢字の将来」

著者が健康を保たれて、この壮大な実験が完了することを、心から期待したい。

ヒツジ年に思う

今年（二〇〇三年）はヒツジ年である。

羊という字は、ヒツジのうつくしい角《つの》をかたどった絵文字だ、と言われている。だからその「大」きくて立派なものが「美」、文字通りウツクシイという文字になる。

中国古代の人々にとって、羊はウツクシイだけでなく、最もオイシイご馳走でもあった。だからオイシイことを「美味」といい、オイシイ酒を「美酒」という。

最も美味な羊の肉は、神にささげられた。めでたい神事用の肉だった。そこで「祥《しょう》」（めでたい）という字が生まれた。「示」（シメスへん）は、神へのささげ物をのせる台の形をしている。だから、礼、祀、社、祈、祠、祝、神、祖、祭、福と、シメスへんの字はすべて神事に関係する。また「羊」の字をふくむ文字は、「めでたい」、あるいは「よい」といったプラス価値のものが多い。たとえば、善（よい）、祥（めでたい）、義（ただしい）、洋（ひろい）。

ところで、干支《えと》のヒツジには、「未」という字を当てる。子《ね》、丑《うし》、寅《とら》、卯《う》、辰《たつ》、巳《み》、午《うま》、そして未《ひつじ》。これらは単なる当て字であって、それぞれの生身の動物には、直接関係しない。しかし「未」という字は、なかなか含蓄がありそうである。

「未」は、未来、未見、未定、未明、未婚、未熟、未成年、未亡人、未曾有などというように、「まだ……していない」という意味で使われる。しかしもともとは、木の葉がよく茂っている形を示すのだという。

また別の一説では、木がまだ伸びきっていない形を示すのだともいう。「妹」は、まだ成長しきっていない女《むすめ》、「昧《まい》」は、日がまだ出ていない暗い状態。

だとすれば、「未」という字は、「未来」志向型の、「未知数」をしめす文字だともいえる。

二〇〇二年は、じつに腹立たしい、イヤな事が次々と起こった年だった。政治の世界でも、経済の世界でも。しかし今年、二〇〇三年は、「未《ひつじ》来たる年」、前途洋洋、希望のもてる「未来」志向の年にしたい。

「明治維新」という言葉——その出典と語義

「明治維新」という四文字を眺めていると、次のような素朴な疑問が浮かんで来る。
一、「明治」という元号の由来、出典は何か。元号は中国の古典にもとづいてつけられるのがふつうだが、「明治」という言葉の出典、語義は何か。
二、「維新」の「新」の字義は明らかだが、「維」は何を意味するのか。
三、一八六八年の政変を、「明治維新」と最初に名づけたのは、誰か。この四文字が最初に現れる文献は、何か。
以上三つの疑問について、考えてみたい。

いわばこのささやかな考察が、あの政変を「明治維新」と呼んだ人々の意識を、裏側から照射するかも知れない。

まず第一に、「明治」という元号の出典、語義について。

一九八九年、昭和天皇が病死し、皇太子が後を継いだ時、元号は「平成」と改められた。当時の官房長官小渕恵三氏が、「平成」と墨書された紙をかかげてテレビの画面に登場し、新しい元号の出処、由来について説明したことは、記憶に新しい。

官房長官は、「平成」の出典が『史記』と『書経』であり、この語には「国の内外にも天地にも平和が達成されるという意味がこめられている」、と解説した。

この説明には、いくつかの疑問点があっただけでなく、明らかな誤りまで含まれていた。しかしその点について、私はかつて「《平成》疑義」と題する一文を草したことがあるので(一九九四年藤原書店刊『典故の思想』所収)、ここでは繰り返さない。

「平成」の前の「昭和」は、これまた『書経』尭典《ぎょうてん》の文、「百姓昭明、協和万邦――百姓《ひゃくせい》昭明にして、万邦を協和す」にもとづく。そして「昭和」の前の「大正」は、『易経』臨《りん》の卦《か》の彖伝《たんでん》(孔子による解説)に、「大亨以正。天之道也――大いに亨《とお》るに正《せい》を以てす。天の道なり」というのにもとづくとされる。

それぞれの意味については、紙幅の関係もあって説明を省くが、平成、昭和、大正ともに、中国の儒家の古典、それも最も基本的な古典である四書五経の五経(易経、書経、詩経、礼記、春秋)のいずれかを出典とする。

「明治」は、どうか。これまた五経の一つ『易経』の説卦伝（やはり孔子による解説）に、「聖人南面而聴天下、嚮明而治――聖人南面して天下に聴き、明に嚮《むか》いて治む」というのにもとづくとされる。

この句は、「聖人が天子の位に即けば、南に向って坐し、天下の政治を聴取する。即ち明るい方向にむかって政治をおこなう」、というほどの意味である。「南面の天子、北面の武士」という言葉の出典でもあり、「明治」というのは、いわば天皇親政の宣言である。

さて次に、「維新」の出典、語義について。

この語もまた五経のひとつである『詩経』（大雅、文王の詩）の、次の句にもとづく。

文王在上　文王　上に在り
於昭于天　於《ああ》　天に昭《あらわ》る
周雖旧邦　周は旧《ふる》き邦《くに》なりと雖《いえど》も
其命維新　其の命《めい》　維《こ》れ新《あら》たなり

四句の大意は、「周の文王は上《かみ》にいまし、ああ、天にあらわれたまう。周はもともと古くからあった国だけれども、いまや天の命《めい》が新たに下された（文王が天子の位に即いた）」。

清朝の学者陳奐《ちんかん》は、その著『毛詩伝疏』の中でこの句に注して、次のように言う。

「周自太王徙岐、正称旧邦。維猶乃也。言周至文王而始新之也――周、太王（文王の祖父）より岐《き》（陝西省岐山県）に徙《うつ》る、正に旧き邦と称す。『維《これ》』は猶《な》お『乃《すなわち》』のごときなり。周、文王に至りて、始めてこれを新たにせるを言うなり」。

「維新」の「維」は、日本では「これ」と読みならわしているが、要するに次に来る語（この場合は「新」）の副詞的修飾語である。ここの「維」を、陳奐は「乃」という別の副詞的修飾語と置き換えて解釈しているが、これは陳奐の新説ではなく、漢代以来の伝統的解釈である。すなわち前漢の毛亨《もうこう》がこの箇処に、「乃ち新たに文王に在るなり」と注し、後漢の鄭玄《じょうげん》も、「文王に至りて命を受く」という。

「乃」は、陳奐がさらに「始」とも言い換えているように、「始めて」「ようやく」「ここに」というニュアンスをもつ言葉である。

すなわち『詩経』文王の詩における「其命維新」とは、「ようやくここに天の命を受けて、文王は新たに天子となった」というほどの意味だと解してよい。

明治「維新」はこの原義にもとづいて名づけられたのであり、「維新」とは、いわば長かった武家政治が終わりを告げ、天皇親政がようやくここに実現したという、宣言である。

さて、その「明治」と「維新」を一つに組み合わせ、「明治維新」という一語として使用されるようになったのは、何時からか。

明治と改元されたのが一八六八年の九月八日だから、それ以後であることは確かだが、明治のごく初期の文献に、この名称はまだ見えないようである。

元号が明治になる以前、すなわち慶応の末期には、「維新」よりも「一新」あるいは「御一新」

という語が、よく使われていた。その使用例を一、二挙げると（以下、年月日の表記は、使用した資料の表記に拠る）、

慶応三年十二月九日、「摂関幕府以下ヲ廃シテ三職ヲ置ク」という「達」（内閣記録局編『法規分類大全』一〇官職門一、昭和五十三年原書房刊、覆刻原本は明治二十二年刊、以下「法—官」と略称）に、

　民ハ王者之大宝百事御一新之折柄……

「百事御一新」という語は、同年十二月十四日の「布告」（法—官）にも見える。

「一新」あるいは「御一新」という語は、このほかにも慶応末期から明治初期にかけて、さまざまな文献にしばしば現れるが、「維新」の方はやや遅れて使われるようである。

これも若干の例を挙げると、

明治元年閏四月二十一日、「政体ヲ頒チ官制ヲ定ム」という「布告」（「法—官」）に、

　去冬　皇政維新纔《わずか》ニ三職ヲ置キ……

明治元年十月十八日、『太政官日誌』第百二十所収の「法華宗ヘ御沙汰ノ事」（橋本博編『改訂維新日誌』第一巻、一九六六年名著刊行会刊）に、

　王政御復古、更始維新之折柄……

明治二年五月二十二日、「御下問書」（前掲『法規分類大全』の一の、政体門一、昭和五十三年原書房刊、覆刻原本は明治二十四年刊、以下「法—政」と略記）に、

天運順環今日維新ノ時ニ及ヘリ……

明治二年九月二十六日、「詔」（「法―政」）に、

朕惟皇道復古朝憲維新一資汝有衆之力……

ところで明治改元は一八六八年九月八日だから、右のうち最初に挙げた「布告」の日付は、後世の資料では「明治元年閏四月二十一日」となっているが、実は「慶応四年閏四月二十一日」でなければならない。改元以前である。

なお右の「布告」に「去冬」とあるのは、慶応三年十二月九日。いわゆる王政復古クーデター、朝廷が小御所会議を開いて王政復古を宣言したことをさす。

したがって一八六八年の変革をさす「維新」という語は、「明治維新」以前にすでに使われていたことがわかる。

なお一八六八年九月八日当日に発せられた「改元詔」（前掲『太政官日誌』の第八十一所収）に、「維新」という語は見えず、「更始一新」という言葉が使われている。

さて、「明治」と「維新」を合わせた「明治維新」という語は、前述のごとく明治のごく初期の文献には現れないようである。この呼称は、歴史的記述の用語として、一八六八年以後一定の歳月を経てから、使われ出したのだろう。江村栄一氏によれば、一八七八年（明治十一年）刊の児島彰二『民権問答』（二編、上巻）に見えるのが、最も早い例の一つだという（「自由民権を考える」、一九九五年吉川弘文館刊『近代日本の軌跡2　自由民権と明治憲法』所収）。

いずれにしろ、中国古典によって二重にオーソライズされた「明治・維新」という呼称は、明らかに民衆の側からの命名ではなく、新しい権力の側から、天皇親政の宣言として発案されたことは確かである。そのことが、明治維新という変革の本質をよく示している。

なお「明治維新」という呼称は、のちに価値判断を伴わない、単に一八六八年という時点をさす歴史記述の用語としても、使われるようになる。しかしながら、たとえば一九三〇年代、軍部の急進派と右翼が「昭和維新」をスローガンにかかげ、明治維新になぞらえて、天皇親政を目指したことは、「明治維新」という語の本来の性質を、象徴的に表していると言えるだろう。

記　本稿で使用した資料については、子安宣邦氏、松浦玲氏の教示を受けたほか、書道史・文字文化学の研究者で、目下江戸・明治期の書体を研究中の青山由起子さん（神戸大学大学院生、総合人間科学研究科博士課程）から、少なからぬ援助を得た。記して謝意を表したい。

榎村陽太郎『略字字典』序文

本書の著者は、お医者さんである。関西でいくつかの大きな病院の医長、院長をつとめられたあと、現在は尼崎中央病院名誉院長。一九五一年、京都府立医科大学卒業、と履歴にあるから、かなりのご年配だが、今も矍鑠《かくしゃく》として、著書の執筆に余念がない。『ガンとウイルス』（一九九〇年、創元社）などいくつもの著書があるが、最近も『寝たきりにさせないために――高齢者の医・薬と食生活』（二〇〇〇年、医歯薬出版）というきわめてアップ・ツウ・デイトな著作を世に問われている。

ところが本書は、医学書ではない。漢字の本である。なぜお医者さんが漢字の本を書くのか。「お医者の勝手でしょ」と言われればそれまでだが、実は著者にはすでに『日本簡体字のすすめ』（一九九七年、新風書房）という、漢字に関する専著がある。

簡体字とは、略字のことである。中国では略字のことを簡体字という。

漢字が生まれて三千余年、その数は増えつづけ、その形は複雑なものが多く、使用する人々を悩まして来た。「三多五難」と呼ばれる性質のためである。

三多とは、一、字数が多い。二、画数が多い。三、読み方が多い。そして五難とは、一、書きにくい。二、読みにくい。三、見分けにくい。四、憶えにくい。五、使いにくい。

それに、一字の意味が多い、字書で引きにくい、を加えると、四多六難となる。

そこで先人たちは、その困難の解決法をいろいろと工夫して来た。漢字を簡略化すること、すなわち略字を作ることは、その一つだった。

著者の先の書『日本簡体字のすすめ』のサブタイトルに「漢字をやさしく」とあるのは、著者の目的、意図をよく示している。著者は、本書に見られるような独特の方法によって、漢字に簡略化その他の工夫を加える。そして子供たちが漢字の学習に費やす時間を減らし、小中学生の授業時間にゆとりができて、科学実験や外国語学習の時間に振り替えられるようにすること、さらに、いよいよ国際化してゆく日本社会の中で、外国人たちが少しでも日本語を学びやすくすること、それらの実現を目指している。

著者は、私が月に一回、大阪の毎日文化センターで行なっている「ことばの散歩」という漢字・漢語講座の、謙虚な受講生であるが、実は「日本簡体字研究会」の代表をつとめておられ、いわば簡体字の専家でもある。したがって、医学のプロであることはもちろんだが、今や漢字のプロだといってもいいだろう。

本書では、右の目的を実現するために、略字に関してさまざまな提案がなされている。いわば著者の略字に対するこれまでの研究、略字学の集大成である。それらの提案が、今後多くの人々の間で論議されることを期待したい。

東西南北と東南西北——日本と中国の方位

マージャンの好きな友人から、聞かれたことがある。

「日本ではふつう東西南北というのに、中国ではどうして東南西北《トンナンシーペイ》というのか」。

たしかに両国では、方位の並べ方が異なる。その理由は後に述べるとして、日本の辞書で「方位」という言葉を引いてみると、

「ある方向を、基準の方向との関係で表したもの。東西南北の四方を基準とし……」（岩波書店『広辞苑』）。

「ある方向が一定の基準方向に対してどのような関係にあるかを示したことば。東西南北を基準として……」（小学館『日本国語大辞典』）。

などと書いてあり、いずれも「東西南北」という並べ方である。

ところが中国の最近の辞書で、同じ「方位」という語を調べてみると、

「方向位置。東、南、西、北為基本方位」（『漢語大詞典』）。

「方向。東、南、西、北為基本方位」（『現代漢語詞典』）。
いずれも「東南西北」の順になっている。

さて日本では、かなり古くから「東西南北」という言い方をして来たらしい。最も古い使用例の一つは、菅原道真（八四五―九〇三）の漢詩「舟行五事」（五首の第四首、『菅家文草』巻三）の起句に見える。

海中不繫舟
東西南北流

海中　繫《つな》がざるの舟
東西南北に　流る

「繫がざるの舟」は、『荘子』列御寇《れつぎょこう》篇の「汎《はん》として繫がざるの舟のごとく、虚《きょ》にして遨遊《ごうゆう》する者なり」にもとづく。道真の句は、「海上の捨小舟《すておぶね》は、東西南北いずれの方向にも流されてゆく」、というのであろう。

道真は九世紀の人だが、時代は降って十二世紀前半に書かれた『今昔物語集』（巻五第十三）にも、
「東西南北求め行《あ》るけども、更に求め得る物無《な》し」
といい、また十四世紀後半に完成したとされる『太平記』（巻十五）にも、
「東西南北四十余町が間、錐《きり》を立つる許《ばかり》の地も見えず……」

などの使用例がある。

実は中国でも、口頭語でなく文語文（いわゆる漢文）の場合ならば、「東西南北」という言い方は、きわめて古くからある。たとえば紀元前六世紀の作とされる『春秋左氏伝』（襄《じょう》公二十九年の条）に、

　東西南北、誰敢寧処。

　　東西南北、誰か敢えて寧《やす》らかに処《お》らん。

という。

したがって、日本では「東西南北」、中国では「東南西北」と、その言い方がきまっているわけでもない。しかし方位を順に並べるとき、現在の日本ではふつう「東南西北」とは言わず、現代の中国で、とくに口頭語の場合「東西南北」と言わないのは、たしかである。

なぜか。

そのことにふれる前に、考えてみれば、「東西南北」というのは、「古今東西（古—今、東—西）」という言葉もあるように、対立概念（東—西、南—北）を組み合わせた表現である。それに対して「東南西北」は、東から始まって、東↓南↓西↓北と時計の針の回転と同じ順序に従った並べ方である。

そのため、時計の針回りの「東南西北」は、その最初の二文字「東南」が、東と南の間という一つの方向（線）しか示さないのに対して、「東西南北」の「東西」の方は、「洋の東西を問わ

ず」という言い方があるように、対立した二つの部分（面）を示すことができる。

そして「東西」という二字だけで、「東西南北」、すなわち方角全体の代替詞として用いることもできる。

「西も東もわからぬ」という言葉が、そのことを示している。なおこれとほぼ同じ表現が、実は中国の詩人白楽天《はくらくてん》（七七二―八四六）の作品「重《かさ》ねて小女子を傷《いた》む」に、次のような形で見える。

纔知恩愛迎三歳
未弁東西過一生
纔《わず》かに恩愛を知りて　三歳を迎え
未《いま》だ東西を弁ぜずして　一生過ぐ

ようやく人の愛情を知りはじめたわずか三歳のとき、西と東の区別もつかぬ世間知らずのまま、短い一生を終わった、というのである。

「東西」という言葉が「東」と「西」だけでなく、全方位を示すことは、相撲《すもう》など興行物で使われて来た「トザイ、トーザーイ」という呼びかけの口上にも、表れている。これなども、四方すべての客に、「お静かに」と呼びかける言葉である。

また、現代中国語で「東西《トンシー》」といえば、「物」（品物）のことをさす。これも、「物」は東西南北いたる所にある、ということから生まれた表現であろう。

ところで中国には、これも古くから「東西南北人」という言葉がある。

最も古い用例の一つは、孔子にまつわるエピソードを紹介した文章に見える。すなわち四書五経の一つである『礼記《らいき》』（檀弓《だんぐう》篇上）は、孔子が亡き母を父の墓に合祀したときの話として、次のようにいう。

孔子既得合葬於防曰、吾聞之、古也墓而不墳。今丘也、東西南北人也。不可以弗識也。於是封之、崇四尺。

孔子、既に防《ぼう》（故郷に近い防山）に合葬するを得て、曰く、吾これを聞く、古《いにし》えや墓《ぼ》して墳《ふん》せずと。いま丘《きゅう》（孔子の名）や、東西南北の人なり。以て識《しる》さざるべからざるなり。ここにおいてこれに封《つちもり》すること、崇《たか》さ四尺。

——孔子が言うには、「昔からのしきたりでは、墓を作るとき盛り土はしない、と聞いている。しかし私は東西南北の人、いつも四方八方旅をつづけている人間だから、父母の墓がすぐ見分けられるようにしておかねばならぬ」。そこで墓に高さ四尺の盛り土をした。

このエピソードは、三世紀、三国・魏《ぎ》の王粛《おうしゅく》作とされる『孔子家語《けご》』や、六世紀、南北朝時代の『顔氏家訓』などに、ほぼそのまま見える。

この孔子の言葉が示しているように、「四方八方」というときには、やはり対立概念の組み合わせである「東西南北」を用いねばならず、同じく四方を示す言葉とはいえ、時計回りの一方向しか示さない「東南西北」では、具合が悪い。

「東西南北人」という語は、杜甫の友人高適《こうせき》（七〇七?—七六五）が杜甫に贈った七言古詩「人《じん》日《じつ》、杜二拾遺《しゅうい》に寄す」の、末尾の句にも見える。「人日」は、一月七日。

一臥東山三十春
豈知書剣老風塵
龍鐘還忝二千石
愧爾東西南北人

東山《とうざん》に一臥《いちが》して　三十春
豈知《あに》らんや　書剣　風塵《ふうじん》に老いんとは
龍《りょう》鐘《しょう》　還《ま》た忝《かたじけの》うす　二千石《せき》
愧《は》ず　爾《なんじ》　東西南北の人

「東山」は、むかし晋《しん》の謝安《しゃあん》が隠棲していた土地。「書剣」は、学問と武芸。「龍鐘」は、しょぼくれたさま。「二千石」は、地方長官の年俸。「爾」は、杜甫をさす。

――かつては古《いにし》えの謝安のように無官の生活を送っていたが、あれから三十年。わが学問も武芸の腕も、風塵にまみれた役人生活の中で、老い朽ちてしまおうとは。しょぼくれたこの年齢《とし》になって、また地方長官の年俸をいただく身となり、杜甫君、きみのごとく東へ西へ、南へ北へと諸国を放浪する自由さに対し、まことに面映《おもは》ゆい次第だ。

なお南宋初期の詩人陳剛中《ちんごうちゅう》の作品「陽関詞」に、次のような句がある。

客舎休悲柳色新

東西南北一般春
客舎　悲しむを休《や》めよ　柳色新たに
東西南北　一般に春なり

この「東西南北」も、世の中全体というひろがりをもって使われている。さて本来のテーマにもどって、中国の日常生活の中で、「東南西北」という時計回り方式の言い方が定着して来たのは、なぜか。それはたぶん「五行説《ごぎょうせつ》」にもとづいているにちがいない。

五行説によれば、この世界を構成しているのは、木、火、土、金、水、この五つの元素だという。そしてこの五元素を方角に配置して、東に木、南に火、中央に土、西に金、北に水を当てる。さらにこれを一年の季節に当てはめて、東＝春、南＝夏、西＝秋、北＝冬とする（中央は、土用）。かくて四季の循環が、東南西北の順序と合致する。方角と季節が「東＝春」から始まるのは、「東」が一日の始まりである日の出の方角であり、また、一年の始まりが「新春」だからだろう。

五行説が民間に定着していない日本とちがって、それが深く根をおろしてきた中国で、方位を「東南西北《トンナンシーペイ》」という順序で呼ぶのは、そのためかと思われる。

「胡」という言葉――胡瓜・胡椒・胡弓・胡坐・胡姫

中国唐代の詩人李白（七〇一―七六二）の作品に、次のような詩句が見える。

何処可為別　何《いず》れの処にて別れを為すべき
長安青綺門　長安　青綺《せいき》の門
胡姫招素手　胡姫《こき》　素《しろ》き手もて招き
延客酔金樽　客を延《ひ》きて　金樽《きんそん》に酔わしむ

注釈書によれば、「胡姫」はイラン系の美女、青い眼をしたエキゾチックなホステスだという。「胡」は、古く秦漢の時代は北方の異民族匈奴《きょうど》をさしたが、のちに広くモンゴル系、トルコ系、イラン系などの諸民族をふくむ呼称となる。

李白の別の詩にいう、

落花踏尽遊何処　落花を踏み尽くして　何れの処にか遊ばん
笑入胡姫酒肆中　笑って入る　胡姫の酒肆《しゅし》（酒場）の中

そしてさらに別の詩でも、

胡姫貌如花　胡姫の貌《かんばせ》は花の如く
当爐笑春風　爐《ろ》に当って　春風に笑う
笑春風　　　春風に笑い
舞羅衣　　　羅《きぬ》の衣《ころも》もて舞う

とうたう。

当時みやこ長安では、あちこちの料亭やバーに、青い眼をしたホステスがいたのだろう。「胡」は唐代においては、匈奴など北方の黄色人種である東洋人だけでなく、「青い眼をした」、日本流にいえば「碧眼紅毛」の、西方の人種をも含む呼称だった。

そのことは、同じ唐代の詩人岑参《しんしん》（七一五—七七〇）の作品「胡笳《こか》の歌」を読めばわかる。「胡笳」とは、「胡人」の吹く葦笛《あしぶえ》のことである。

「胡笳の歌」にいう。

君不聞　　　君聞かずや
胡笳声最悲　胡笳の声　最も悲しく
紫髯緑眼胡人吹　紫髯緑眼《しぜんりょくがん》の胡人吹くを

「胡人」とは、「紫髯緑眼（むらさきのひげと、みどりの眼）」の異人で、「胡笳の声」は、当時の中国人にとっては、いわゆるオリエントの異国情緒に富む、エキゾチックな笛の音だったのだろう。

ところで、「胡」という文字の字義はなにか。

中国最古の字書『説文解字』（紀元一〇〇年完成）の注釈書によれば、
胡牛頷下垂皮也（胡は、牛の頷《あご》の下の垂れたる皮なり。）

という。古代中国人は北方異民族「胡」の容貌の特徴を、そのようにとらえていたか、想像していたのであろう。

古代中国人にとって、北方異民族の国家は、領土拡大、侵略の対象であり、また時には国境をおびやかす外敵でもあった。

したがって、外敵としての「胡」をあらわす、次のような（憎悪、または蔑視の気味をこめた）呼称が、古くからあった。

胡兵　胡虜　胡馬　胡騎

胡轍（轍は馬車のわだち）

胡塵（塵は戦塵）

また「胡」の人間や言語、自然、そして器物、習慣などをあらわす次のような言葉も、唐代の詩にしばしばあらわれる。

胡人　胡児（児は若者）

胡語　胡歌　胡楽

胡天　胡風　胡霜

胡弓　胡角（角はつの笛）　胡牀（牀《しょう》は折り畳み椅子）

胡坐（あぐら。坐禅を組む坐り方）

ところでわれわれ日本人が、現在も日頃使っている次のような言葉がある。

Ａ　胡瓜　胡麻　胡椒　胡桃

Ｂ　胡豆　胡菜　胡葱　胡蒜

Ａは、きゅうり、ごま、こしょう、くるみ。これらはポピュラーで、誰でも読めるが、Ｂの方は少しむつかしいかも知れない。上から読むと、

そらまめ　あぶらな　あさつき　にんにく

Ａ、Ｂはともにもともと中国原産のものがあり（瓜《うり》、椒《はじかみ》、桃、葱《ねぎ》など）、それと種類や味、形などの似たものが、西方からシルクロード等を通ってやって来た。そこで「胡」の字をつけて呼んだのだろう。

なお、「胡」の字がついていながら外国産でないものが少なくとも一つある。「胡蝶」。この「胡」は「鬍《ひげ》」の略体で、「ひげの美しい蝶」、すなわち単に中国原産の普通の蝶、その別称にすぎず、シルクロードを渡って飛んできたのではない。

このほとんど唯一の例外をのぞいて、「胡」の字がつく「もの」や「こと」は、すべて中国の北方、あるいは西方世界から渡って来たのである。

V

帰林閑話

連載　帰林閑話　96

雌雄

一海知義

お軽　勘平
梅川　忠兵衛
おさん　茂兵衛

どうして女を先に言うの、と聞かれたことがある。

男女　父母　夫婦　夫妻　兄弟姉妹

すべて男が上、女が下である。

「おしどり夫婦」という言葉があるが、これも漢字で書けば、

鴛鴦（えんおう）

『正字通』という中国明代の字書によれば、

雄《おす》ヲ鴛ト曰《い》イ、雌《めす》ヲ鴦ト曰ウ。

オスが上、メスが下である。同じく中国の、これは空想上の動物、

鳳凰（ほうおう）

この鳥は、中国最古の詩集『詩経』（大雅・巻阿の詩）に登場するが、その古注によれば、やはり、

雄ヲ鳳ト曰イ、雌ヲ凰ト曰ウ。

同じく空想上の動物である「騏驎《きりん》」はどうか。これは動物園にいる首の長いキリンではなく、キリンビールの商標である羽根の生えた空飛ぶ馬（鹿？）キリンである。この二字は鹿ヘンの麒麟とも書き、中国最古の字書『説文解字』に見えるが、その注に、

牡《おす》ヲ麒ト曰イ、牝《めす》ヲ麟ト曰ウ。

とある。

これらの漢語は、すべてオスが上に、メスは下にある。

お軽　勘平

のように、女が上、男が下に来る漢語はないのだろうか。

ないわけではない。少なくとも二つはある。一つは、

雌雄ヲ決ス

という時の「雌雄」がそれである。これは、喧嘩をすれば女の方が強いからか。

もう一つは、主として馬の場合、「牝牡《ひんぼ》」とメスが上に来る。なぜか。

日本では、明治になると「貫一お宮」なのに、どうして江戸時代は「お軽勘平」なのか。博雅の教えを乞いたい。

（いっかい・ともよし／神戸大学名誉教授）

「帰林閑話」第96回

雌雄

お軽　勘平
梅川　忠兵衛
おさん　茂兵衛

どうして女を先に言うの、と聞かれたことがある。
男女　父母　夫婦　夫妻　兄弟姉妹
すべて男が上、女が下である。
「おしどり夫婦」という言葉があるが、これも漢字で書けば、
鴛鴦（えんおう）
『正字通』という中国明代の字書によれば、
雄《おす》ヲ鴛ト曰《い》イ、雌《めす》ヲ鴦ト曰ウ。
オスが上、メスが下である。同じく中国の、これは空想上の動物、
鳳凰（ほうおう）
この鳥は、中国最古の詩集『詩経』（大雅・巻阿の詩）に登場するが、その古注によれば、やは

り、

雄ヲ鳳ト曰イ、雌ヲ凰ト曰ウ。

同じく空想上の動物である「騏驎《きりん》」はどうか。これは動物園にいる首の長いキリンではなく、キリンビールの商標である羽根の生えた空飛ぶ馬（鹿？）キリンである。この二字は鹿ヘンの麒麟とも書き、中国最古の字書『説文解字』に見えるが、その注に、

牡《おす》ヲ麒ト曰イ、牝《めす》ヲ麟ト曰ウ。

とある。

これらの漢語は、すべてオスが上に、メスは下にある。

お軽　勘平

のように、女が上、男が下に来る漢語はないのだろうか。ないわけではない。少なくとも二つはある。一つは、

雌雄ヲ決ス

という時の「雌雄」がそれである。これは、喧嘩をすれば女の方が強いからか。もう一つは、主として馬の場合、「牝牡《ひんぼ》」とメスが上に来る。なぜか。日本では、明治になると「貫一お宮」なのに、どうして江戸時代は「お軽勘平」なのか。博雅の教えを乞いたい。

廬山の詩

昨年（二〇〇一年）の九月、研究者仲間と廬山《ろざん》のふもとにある陶淵明の故郷を訪ねた。親しくしていた中国のある大学の学長さんが、あとでそのことを知り、『歴代名人与廬山』という本を贈ってくださった。「名人」は、有名人。陶淵明、白楽天、蘇東坡、陸放翁など著名な詩人たちが廬山を詠じた詩を集め、これに解説を加えた本である。

本の表紙うらの扉には、私への献辞と献詩一首が揮毫してあった。献辞にいう。

辛巳暮秋余訪廬山於淵明故里購此書聞一海教授曾専程来此訪陶益生敬意遂以小詩奉上或可博
先生一笑耳二〇〇二元旦

若干の語釈を加えつつ読み下し文になおせば、

辛巳《しんし》（二〇〇一年）暮秋、余、廬山を訪ね、淵明の故里に於いて此の書を購《あがな》う。一海教授、曾《かつ》て専程《せんてい》して（旅行の目的地を絞って）此《ここ》に来たり陶を訪ぬと聞き、益《ま》すます敬意を生じ、遂に小詩を以て奉上す。或いは先生の一笑を博す（得る）可《べ》きのみ。二〇〇二（年）元旦。

献詩は次のような七言絶句である。

漢学碩儒号一海

追慕陶令踏波来
高臥酔石頻把盞
籬辺有菊呼共採

これも読み下せば、

漢学の碩儒《せきじゅ》　一海と号す
陶令を追慕《ついぼ》し　波を踏みて来たる
酔石に高臥《こうが》して　頻《しき》りに盞《さかずき》を把《と》り
籬辺《りへん》菊あり　呼びて共に採らん

酔石は、淵明が酔っ払っては寝転んでいたという、大きな岩。

私も酒を携えてこの岩に登り、盛んに盃を傾けていたという噂が、早耳の先生の所に伝わっていたらしい。

末尾の菊は、陶詩に見える。

菊を採る　東籬の下《もと》
悠然として　南山を見る

女と男　男と女

たとえば、お軽勘平、貫一お宮……、女と男のどちらを先に言うかを論じた――というほどではないが、取り上げた「雌雄」（本欄96回、本書二五五頁）を書いた後、いろいろと新しい疑問が出て来た。

一、レディズ・アンド・ジェントルメンのはずの欧米で、なぜ、

サムソンとデリラ

トリスタンとイゾルデ

ロミオとジュリエット

などと、男を先にいうのか。

二、娘道成寺の安珍清姫は、お軽勘平やお染久松などと同様江戸時代なのに、どうして男安珍が先なのか。

三、貫一お宮のように、明治以後はなぜ男が先の言い方が出て来るのか。最近の芸能界でも、

ヒデとロザンナ

大助花子

のように、男が先の場合が多いのは、なぜか。大助は花子に頭が上らぬはずなのに。
四、中国でも、
梁山伯と祝英台
と男が先だが、これはもう少し例を集めてみる必要がありそうだ。

こんなことを考えているところへ、読売新聞文化部の永井一顕という方から手紙が来た。丸谷才一『日本語相談』（朝日文芸文庫）に説があるとの教示である。そして親切にも、そのページのコピーが同封されていた。

浄瑠璃や歌舞伎でなぜ女の名が先に挙げられるのかという難問に対して、最上の答えを出しているのは山本健吉氏だ、と丸谷氏は言い、その説を紹介している。

すなわち、浄瑠璃は女人救済を主眼とする宗教的芸能であり、救われるべき本体は女で、男ではない。したがって女が先になる、というのである。

そして丸谷氏は、安珍清姫、権八小紫のように、男をはじめに言う例外が少しあるのは、口調の関係かも知れない、という。

しかしロミオとジュリエットも口調のせいか。古今東西の例を集めまくれば、帰納的に結論が出せるのかどうか。

国家

北朝鮮に拉致された人々が、「一時帰国」した。あの時、テレビでニュースを観ながら、いろいろと考えさせられた。

その一つは、「国家」の問題である。

北朝鮮政府は、拉致、すなわち誘拐したことを、正式に認めた。そして拉致した「犯人」である北朝鮮政府が、拉致された人々の「一時帰国」を「許可」した。

この場合、政府＝国家を、個人に置き換えてみたらどうだろう。誘拐犯人が、「確かに誘拐いたしました」と告白し、誘拐した子供の「一時帰宅」を「許可」する。

常識的に言って、そんなバカげたことがあるだろうか。個人でなく国家なら、そんな非常識が許されるのか。しかも北朝鮮政府が許可したことに、日本政府は一時従っていた。誘拐された子供の親が、「一時帰宅」を認めたようなものではないか。

ちょうどその頃、新聞の片隅に「台湾女性の請求を棄却」という見出しで、小さな記事が載っていた。

——第二次大戦中、強制的に日本軍の従軍慰安婦にさせられたとして、台湾の女性九人が日本政府に一人あたり一千万円の損害賠償を求めた訴訟で、東京地裁は十五日、政府の公式謝罪を求めた訴えを却下し、賠償請求も棄却する判決を言い渡した。裁判長は、「国際慣習法は、個人が国家に直接損害賠償を請求する権利を認めていない」と述べた。

ここでも「国家」は、「個人」が踏み込めぬ聖域、特権を与えられている。「個人」が一人の人間を殺せば殺人罪に問われるが、「国家」が戦争で何万人殺しても罪にはならぬ、と言ったのはチャップリンだった。

チャップリンの「殺人狂時代」の初公開から五十五年、事態は少しも変わっていない。ところで「国家」という言葉は、中国の古典『易経』や『左伝』に見えるが、なぜ「国」に「家」がついているのか。そのあたりにもまやかしの魔術がありそうな気がする。

百という字

この連載も、百回。第一回は一九九三年十一月だったから、ちょうど十年目になる。ところで「百」という字、なぜ一プラス白が数字の「ひゃく」になるのか。

残念ながら、古来定説はない。最近の日本の高名な文字学者たちの説も、「白」を絵文字とする点では一致するが、親指説（加藤常賢）、ドングリ説（藤堂明保）、ドクロ説（白川静）と、諸説フンプン定まらぬ。それに「一」を足して「百」の説明をしようとするのだから、四分五裂するのは当然である。

字源解明はあきらめて、字義について考えてみる。百という字には、すくなくとも三つの意味、というか、使われ方がある。

①文字通りの「百」。②「たくさん」の意。③「すべて」「あらゆる」の意。

①の例を挙げれば、たとえば「百人一首」。文字通り百人の歌人の一首である。そして「お百度まいり」。私に体験はないが、豆か何かを百粒並べ、それを一粒ずつ取りながら、お堂のまわりなどを正確に百回まわる。

②の「たくさん」の例は、たくさんある。百足《むかで》。数えた人に聞きたいが、きっちり百あるわけではあるまい。百面相。百人斬り。そして、百鬼夜行。諸子百家。百戦練磨。百聞は一見にしかず。読書百遍意おのずから通ず。いずれも整数の百でなく、「たくさん」の意である。

③の「すべて」「あらゆる」。百事意の如し。すべて思うがまま。百事大吉。すべてめでたし。また、百川海に会す。これも「たくさん」でなく、「すべて」の意だろう。

さいごに、酒は百薬の長。このよく知られた言葉について、「いろいろな薬よりも酒が一番よく効《き》く」とする説がある。しかし『漢書』に見えるこの語の対《つい》は、虎は百獣の長。どのけものよりも強い。酒も同じ。

私が毎晩欠かさずに飲んでいるのも、そのためである。

読游会雑詠

中国宋代の詩人陸游（号は放翁）の詩を読む会「読游会」が始まって、やがて十年になる。月一回の会が、昨年百回目を迎え、記念文集を刊行した。

会を主宰して来た私は、百回を祝う腰折れ三首を作り、これを刷り込んだ栞を文集に挿むことにした。

文字通りの腰折れは、次のような三首である。

河上の詩注の出でて五十年そをテキストにわれら詩を読む
ももたびの詩を読む会を重ねたり老若男女酒を酌みつつ
僧侶教諭学生院生老教授中年の主婦読游の会

この三首のほか、私はすくなからぬ駄作を弄して、ひとり悦に入っていた。

放翁の年まで生きて一万首放翁の詩を読みて果てなむ
放翁の詩注世に問ひて四十年飽くこともなく読みつづけをり
詩の会の終りし後はうち集ひさかづきを挙ぐ薩摩道場
会果てて三々五々と集ふ店主《あるじ》女将《おかみ》と薩摩の酒肴

震災をはさみて十年《ととせ》陸游の詩を読みつづけ文集を編む
十年越し放翁の詩を読み解きて詩を読むコツを少しさとりぬ
一首の詩読み解きし時の悦びぞ会の持続のエネルギーとなる
河翁（河上肇）選びし陸詩五百首読み解くは三十年の先とほほえむ
三十年放翁の詩を読み行けば我は百歳友は八十
百歳の齢を超えてなほつづく読游会はバケモノの会
三十で読みし放翁七十で読む放翁といづれまことぞ
若き時選びし陸詩わづか百首忸怩たるあり自負もまたあり
放翁が児らに遺せし一首の詩その怨念のすさまじき哉
そして、さいごに、
放翁に学びしことの数多あり世を敲《たた》くこともその一つなり

命　名

子供に名前を付けて欲しいと、時々頼まれることがある。「子供の名は親がつけるものですよ」と断ることにしているが、くりかえし懇望されて、つい引き受けることもある。

だいぶ以前のことだが、名前でなく字《あざな》（呼び名）をと、ある男性に頼まれたことがあった。

昔の中国では、名前のほかに字があるのが普通だった。たとえば、

杜甫《とほ》、字は子美《しび》。
王維《おうい》、字は摩詰《まきつ》。
陸游《りくゆう》、字は務観《むかん》。

名と字の間には、何らかの意味の連関がある。

杜甫の場合、中国最古の字書『説文解字』に、「甫、男子之美称也——甫は、男子の美称なり」とあるのにもとづき、名は甫、字は子美。

王維は、母親とともに熱心な仏教信者だった。釈迦と同時代のインドに、維摩詰《ゆいまきつ》という長者がおり、信仰の対象であるその人物にちなんで、名は維、字は摩詰。

南宋の詩人陸游の母親は、北宋の詩人、秦観《しんかん》、字は少游《しょうゆう》を崇拝していた。彼女は息子を産む時、秦観の夢を見た。そこで名と字を逆転させて、名は游、字は務観（観《かん》タルコトニ務《つと》メヨ）とした。

現代の中国では、名のほかに字をつける習慣は少なくなったようだが、たとえば革命家毛沢東などは、十九世紀の生まれだから、字があった。名は沢東《たくとう》、字は潤之《じゅんし》だという。名と字から一字ずつ取って組み合わせれば、潤沢。のちに潤沢な体形の人物に成長したこととは、関係がない。

私に字をつけて欲しいと頼みに来た人の名は、英彦。紙幅がないので説明は省くが、中国古典

の中から「英彦」に関連する二文字を採って、「俊啓《しゅんけい》」という字を贈った。

先年、これは私が命名したのではないが、息子に「一海《いっかい》」という名をつけた知人がいた。今年の賀状には、三歳になったその子の写真を印刷し、「うちの一海くんの悪たれには、ホトホト手を焼いております」、と書いてあった。

傲具堂

前回は、「命名」と題して一文を草した。人に名をつけることを命名というが、対象は人とは限らない。

かつて骨董屋の主人に頼まれて、屋号を考えたことがある。贈った名は、「傲具堂《ごうぐどう》」。江戸の漢詩人市河寛斎《いちかわかんさい》の詩に因んでの命名であった。

井伏鱒二に骨董屋を扱った『珍品堂主人』という面白い小説があったが、珍品堂では軽すぎる。もっと威張った名前にしてやれと思って、傲具堂にした。

寛斎の詩題は、「傲具詩」。全五十首の連作である。「傲」は誇る、自慢する。

少し長い序文がついていて、明の文人董其昌《とうきしょう》の「骨董を玩《もてあそ》ぶは病を却《しりぞ》け年を延ばすの助けあり」という一文を引く。

寛斎自身病いがちで、時間をかけて蒐《あつ》めた骨董品が、ずいぶん幽愁を慰めてくれた。その感謝をこめて、「自ら香を焚《た》き、一物毎《ごと》に係《か》くるに一絶（句）を以てし、以て多年の随侍《ずいじ》の労に報《むく》ゆ」という。

たとえば愛用の硯を詠じた一首。

　書窓　紫玉　久しく相倶《あいとも》にし
　温潤《おんじゅん》　常に点画をして腴《ゆた》かならしむ
　平素の交遊　君　独り健《すこや》かにして
　毛生は禿げ尽くし　墨生は痩せたり

硯・筆・墨、いずれも友達扱いである。「傲具」といえばごつごつした感じがするが、実は道具をいとおしむ、いつくしんでの命名であった。もう一首、「手炉《しゅろ》」。亡き母の手あぶりの火鉢。

　三冬　友として取《えら》びて　幾年年《いくねんねん》
　吟臥《ぎんが》の牀頭《しょうとう》　煖煙を籠《こ》む
　最も是《こ》れ　寒き宵《よる》の　愁を伴う処《とき》
　越山の風雪　夢　醒《さ》むる辺《あたり》

「三冬」は、冬三か月。越中の山々から吹き降ろす風雪に、夢からさめたあの時の、母の形見の手あぶりのぬくもり。それは、亡き母のぬくもりであった。

ところで、骨董屋などの命名をしたおかげで、困っていることが一つある。名前をつけてくれたのだから、看板も書いてほしいというのだ。目下、口実を設けて逃げ回っている。

戦争と子供

粗野で傲慢なアメリカ大統領は、世界の多くの人々の反対を押し切って、無謀な戦争を始めた。そしてかつてはその髪型からライオンなどと呼ばれていた日本の首相は、たちまちポチになり下がり、尻尾を振ってブッシュの後に従った。

戦争といえば、まず思い浮かぶのは、無邪気な子供たちの顔である。なぜこの子たちが犠牲にならねばならぬのか。ブッシュに孫はないのか。小泉の身内に幼い子供はいないのか。イラクの子供たちと、自分の身内の子供とを結びつけて、深刻に考えることができぬ、想像力の乏しさ、無神経さ。人間として失格だと、言わざるを得ない。

ところで「戦争と子供」といえば、私が思い出すのは、中国の詩人王粲《おうさん》（一七七―二一七）の「七哀《しちあい》」詩である。

詩人は後漢末の戦乱を避けて、長安の町を脱出する。城門を出て目にしたのは、平原をおおいつくす白骨の群れだった。

門を出《い》ずるも　見ゆる所《もの》なく

白骨　平原を蔽《おお》う

その時、ふと一人の婦人に出会う。

路に飢《う》えたる婦人あり
子を抱《いだ》きて　草間に棄《す》つ
顧《かえりみ》て号《さけ》び泣く声を聞くも
涕《なみだ》を揮《はら》いて　独《ひと》り還《かえ》らず

飢えて痩せ細った女は、抱いていた赤ん坊を草むらに捨てる。ふり返ってわが子の泣き叫ぶ声を聞いていたが、やがて涙をふり払って戻りはせず、そのまま立ち去ろうとする。

詩人は女に声をかけた。「なぜ赤子を捨てて行くのか」。女は答える。

未《いま》だ身の死する処を知らざるに
何ぞ能《よ》く両《ふたつ》ながら相《あい》完《まった》からん

「わが身一つでも、生死のほどはおぼつかないのに、赤ん坊をかかえていては、共倒れになるだけですわ」。

詩はまだつづくが、私は、中国残留孤児のことを連想する。「残留」などというが、あれもまた「捨て児」だったのだ。子供は戦争の最大の犠牲者である。

恵迪寮

私は旧制高校最後の生徒だった。戦後の学制改革期、混乱の中で、一年間在学しただけだけれども。

したがって「バンカラ」と呼ばれた気風も、ちょっぴり味わっただけで、新制大学に入学してしまった。

私はカラオケが嫌いで、無理に誘われて行っても、マイクは握らない。しかしごく稀に旧制三高の「琵琶湖周航歌」をうたうことがある。

ただし同じこの歌も、加藤登紀子や森繁がうたうと、それぞれヘンな思い入れがあるようで、聴くに耐えない。テレビに出てくると、すぐチャンネルを変えてしまう。

旧制高校といえば、先日、北海道大学（昔の札幌農学校）の「恵迪寮《けいてき》」について、質問された。「恵迪」の出典と意味は?・というのだ。

この種の質問は、手紙で、電話で、電子メールで、月に何度となく、私のところへ押し寄せて来る。気の弱い私は、断ることができない。時に何十日もかけて調べねばならぬケースもある。老い先短い私の時間を、それらがいかにディスターブしているか。よほどのことでない限り、自粛してほしいものだ。

さて、「恵迪」もすぐにはわからなかった。諸橋大漢和など手許の辞書はもちろん、いくつかのインデックスの類にも、見えない。

あとでわかったのだが、この語、二字熟語としてはあまり使われず、「恵迪吉（迪《みち》に恵《したが》うは吉《よ》し）」と三字熟語の形で引用される場合が多いらしい。出典は、四書五経の一つである『書経』（大禹謨篇《だいうぼ》）。

これもあとで気づいたのだが、北大恵迪寮のホームページが開かれている。早速アクセスしてみると、返事のメールがかえってきた。「明治四十年四月、書経の言葉『恵迪吉（道に従うは吉し）』を引いて、寮名を恵迪寮ときめ、同時に寮歌が選定され……」。寮歌は例の「都ぞ弥生《やよい》の雲紫に」である。

世の中便利になったものだ。

素人の憲法談義

テレビで政治家や評論家の討論を聴いていると、彼らは子供のように単純幼稚なのか、それともよほど底意地が悪いのか、判断に迷うことがある。

たとえば、自衛隊の合憲論。

必ず持ち出すのは、憲法九条一項の後半と、二項の前半である。

一項――武力による威嚇又は武力の行使は、国際紛争を解決する手段としては、永久にこれを放棄する。

二項――前項の目的を達するため、陸海空軍その他の戦力は、これを保持しない。

彼らの言い分はこうだ。

一、第一項は、「自衛のため」の「武力の行使」まで否定しているわけではない。

二、第二項によれば、「自衛のため」ならば「戦力」を保持してもよい。

三、個人にも正当防衛の権利がある。国が自衛権を持つのは、正当防衛だ。憲法はそこまで禁じてはいないのだから、自衛隊は違憲ではない。

ここには、幼児のような単純な無知か、そうでなければ、狡猾に仕組まれたごまかしがある。

一、現在日本にとって、「国際紛争」でない戦争があるのか。たとえ外国の軍隊が日本「国内」に攻め込んで来たとしても、これと戦うのが自衛隊ならば、それは国と国との紛争である。長州と会津の戦いではないのだ。

二、その（国際紛争の）ための「戦力」は「保持しない」といっているのだから、自衛隊は違憲である。

三、個人の正当防衛は認められるとしても、そのために常時ナイフやピストルを「保持」しているのは、暴力団だけである。だとすれば、自衛隊は暴力団だということになる。
四、合憲論者は、第二項の末尾にある「国の交戦権は、これを認めない」という部分を、そっと隠している。たとえ国内でも、個人の抵抗でなく、自衛隊が戦えば、「国の交戦権」の発動であり、憲法はそれをみとめていない。
以上、素人の憲法談義。

憲法借り物論

前回の「素人の憲法談義」のつづき。

自衛隊合憲論者の多くは、自分たちの論理のごまかしに、流石に気がひけるのか、あるいは世界第二の軍隊といわれる自衛隊の規模に、目をつむれなくなったのか、憲法改正論者に変身する。

そして申し合わせたように持ち出すのが、「日本国憲法借り物論」である。あれはもともと英文で、占領軍が押し付けた借り物憲法だ、というのである。だから自主的な憲法を制定しなければならぬ。

たしかに今の憲法は、借り物である。しかし彼らがこだわっているのは、それが借り物であるからでなく、借り物憲法の民主的、平和的な中身である。それを何とか変えたい。極端な場合は、天皇を元首にもどしたい。その目的をスムーズに実現させるために、人々の受け入れやすい「借り物論」を叫んでいるにすぎない。

ところで世の中の借り物は、すべて悪いのか。

たとえば、漢字はどうか。これは中国からの借り物だ。しかし、日常使っている文字が借り物では具合悪いから、日本独自の文字である仮名を使え、という人はいない。そもそも仮名も、借り物の漢字をもとにして作った文字である。それに仮名だけの文章など、読めたものではない。借り物排除論者は、ハタと困るだろう。日本独自の文字を、今から作りますか。

洋服は、どうだろう。西洋からの借り物だから、日本人は和服を着るべきだ、とがんばっている人も、いないではない。しかし改憲論者の多くは、背広を着ている。

それに和服は、もともと「呉服」といったように、「呉の国（中国）の服」である。和服もまた、もともと外国からの借り物なのだ。無知な改憲論者は、多分そんなことも知らないのだろう。

問題は、中身だ。彼らが問題にしているのは、憲法の中身であって、「借り物論」は、改憲を実現するための口実にすぎない。

『論語』の中の「女」

『論語』の中に「女」という字は十九回出て来る。ただしそのうち十七回は「おんな」でなく、「なんじ」の意味で使われている。

「なんじ」を意味する「汝」は、サンズイへんがついているように、もともと河の名前である。この字が「なんじ」の意味で使われるようになる前は、同じ発音の「女」が、「おんな」と「なんじ」の二役をつとめていたのだろう。

漢字の数がまだ少なかった時代、一字二役の例はほかにもたくさんある。

さて、十九回のうち十七回が「なんじ」だから、あとの二回が「おんな」、ということになる。その二例は、次のような文章の中に見える。

斉人帰女楽。季桓子受之、三日不朝。孔子行。（斉人《せいひと》、女楽《じょがく》を帰《おく》る。季桓子《きかんし》これを受け、三日朝《ちょう》せず。孔子行《さ》る。）

孔子が大臣をしていた魯《ろ》の国力を弱めようと、斉の国から「女楽」が送り込まれて来た。北朝鮮の「喜び組」みたいなものだろう。宰相の季桓子はこれに溺れて、三日間政務を放棄した。孔子は絶望して、国を去ったという。さすがの孔子も、手も足も出なかったのか。

もう一例「女」の字が見えるのは、よく知られている次の一条である。

子曰、唯女子与小人、為難養也。近之則不孫、遠之則怨。（子曰く、唯《た》だ女子と小人《しょうじん》とは養い難しと為すなり。これを近づくれば則ち不孫《ふそん》、これを遠ざくれば則ち怨《うら》む。）

『論語』の中で、現代人に最も評判の悪い一節である。「小人」は、身分の低い下賤な者、などと訳されている。「不孫」の「孫」は、これも一字二役の例。「不遜」と同じ。無遠慮。

江戸川柳に、「論語読み思案の外《ほか》の仮名を書き」。思案の外は、恋。『論語』に恋の字なし。学のある『論語』読みも、「こひしく」などと仮名で書く。

男性社会のテキスト『論語』にとって、「女」はタブーだったのだろう。

孔子と酒

「孔子は酒を飲みましたか」

ときかれて、

「もちろんさ。大酒飲みだったよ」

と答えた人がいた。

「何か証拠がありますか」

「『論語』を読むんだな、『論語』を。孔子と食べ物のことを紹介したところがあって（郷党篇）、

　酒無量、不及乱。

と書いてある」

「何と読むんですか」

「酒ハ量無シ。及バザレバ乱ル。酒は底なしだった。飲み足りないと暴れた、と言うんだな」

「へえ、本当ですか。孔子が暴れた」

＊　＊　＊

右の話、もちろんウソである。『論語』に右の文章が見えることは確かだけれども、「不及乱」は「乱ニ及バズ」と読むべきで、「及バザレバ乱ル」などとは読めない。

それは、「不許葷酒入山門（葷酒《くんしゅ》山門ニ入ルヲ許サズ）」を「許サレザル葷酒山門ニ入ル」と読んで、悦に入っている手合いと同じ。デタラメな読み方である。

また「精神一到何事不成（精神一到何事カ成ラザラン）」を「精神一到何事モ成ラズ」と読んで、正しいと思っている連中と同じである。

「酒無量」を「底なしだった」と訳すのもデタラメで、前後の文章を読めば、たとえば晩酌三合というふうには「量をきめていなかった」という意味だとわかる。量はきめていなかったが、酔うて乱れるほどには飲まなかったというのが、「酒無量、不及乱」の正しい読み方である。

なお『論語』の別の篇（子罕《しかん》）に、これも孔子のこととして、

不為酒困。

という一条がある。

この「困」も「乱」と同じで、「酒ノ困《みだ》レヲ為サズ」と読む。酒を飲んで乱れることはなかった、というのである。

世の中に流布している「おもしろすぎる話」というのは、眉唾物である場合が多く、簡単に信じてはいけない。

『論語』の中の「神」

A　この間は『論語』の中の「女」で、今度は「神」か。どんな関係があるんだ。

B　だって「女」房の事を山の「神」というだろう。どちらも有難くて恐い存在、というわけだ。

A　孔子は無神論者だと聞いたことがあるが、そうかね。

B　そうではあるまい。『論語』の中の「神」は、日本でいう「かみさま」ではなくて、霊魂あるいは神霊という意味だけどね。

孔子が無神論者ではないというのは、『論語』の中に次のような言葉が見えるからだ。

——祭ルコト在《いま》スガ如クシ、神ヲ祭ルコト神在スガ如クス（八佾《はちいつ》篇）。

この「神ヲ祭ル」というのは、ご先祖さまのお祭りをすることを言っている。

また『論語』には「鬼《き》」あるいは「鬼神《きしん》」という言葉が時々出て来るが、これも霊魂という意味だ。孔子は「神」の存在を否定してはいない。
A　そういえば「鬼神ハ敬シテ遠ザク」というのも、『論語』だったね。
B　そうだ。今でも「敬遠スル」というね。孔子は「神」を否定しなかったが、「神」のことをあまり語らなかった。
——子《し》、怪・力・乱・神ヲ語ラズ（述而《じゅつじ》篇）。

特に弟子、若者の前では口にしなかった、というのが、わが荻生徂徠《おぎゅうそらい》の説だ（『論語徴』）。

孔子に季路《きろ》（別名子路《しろ》）という向こう見ずな弟子がいて、「鬼神」について孔子にたずねた時の問答が、次のようにしるされている。

——季路、鬼神ニ事《つか》エンコトヲ問ウ。子曰ク、イマダ人ニ事ウルコト能《あた》ワズ。焉《いず》クンゾ能《よ》ク鬼《き》ニ事エンヤ（先進篇）。
A　なるほど。うまくはぐらかされたわけだな。
B　しかし季路は負けてはいない。
——敢テ死ヲ問ウ。

死後の世界、霊魂の世界について聞く。これに対する孔子の答が、実にいいね。
――イマダ生ヲ知ラズ。焉ンゾ死ヲ知ランヤ。

健忘症（一）

健忘症という言葉がある。「健忘」の二字を文字通りに解すれば、「すこやかに忘れる」ということになる。しかし「すこやかに」と「忘れる」という二つの言葉の組合せは、冗談ならともかく、何となく落ち着かない。忘れ方に、「健康な」忘れ方と「不健康な」忘れ方があるのか。そうではあるまい。

こういう時のギモン解決法の一つは、「健」という字がつく別の熟語を思い出してみることである。

たとえば、「健闘」。これは「すこやかに」「闘《たたか》う」のではあるまい。「よく闘った」ときに、「健闘した」という。この場合、「健」は「よく」という意味だとわかる。

またたとえば、「健啖《けんたん》」。これも「よく食べる」という意味だろう。この場合、「健康」というニュアンスが裏にあることも確かだが、病人の場合でも「健啖」というから、やはり「健康」ではなく、「よく」食べる意だと考えてよい。

以上の二例から、「健忘」も「よく忘れる」意味だと、推測できる。これも「健康」と直接の関係はない。

さて、物忘れの甚だしいものの一つに、人の名前がある。たとえば映画俳優の名前。「あれは、ホラ、ソレ」などと言って、なかなか浮かんで来ない。翌日になって、出し抜けに「あれは、ソレ、ジャン・ギャバンだったな」などと言い、家人にヘンな顔をされる。

しかし年をとって、人名を忘れやすくなるのは、今に始まったことではないらしい。八百年も前の中国宋代の詩人范成大《はんせいだい》（一一二六―九三）に次のような句があるのを知って、ちょっと安心した。

僚旧《りょうきゅう》の姓名　多く健忘す

「僚旧」は、むかしの同僚である。詩の題は、「早衰《そうすい》」。その頃もし映画があれば、いささか早ボケだったらしい范成大先生、俳優の名前を度忘れして、照れていたに違いない。

健忘症（二）

前回は、「健忘」ということばが、八百年も前の中国の詩にすでに見えることを紹介した。

范成大の「早衰」という作品に、

僚旧《りょうきゅう》の姓名　多く健忘す

「むかしの同僚の名は、ほとんど忘れた」、というのだ。

これが「健忘」という語の最も古い用例かというと、そうではない。范成大より四百年も前の詩人白楽天（七七二―八四六）の作品に、すでに見える。すなわち「偶《たま》たま作りて朗之《ろうし》に寄す」と題する五言古詩の末尾にいう。

老来　多く健忘せるも
唯《た》だ相思《そうし》のみ忘れず

「年とってから大抵のことは忘れてしまったが、ただ君のことだけは忘れぬ」、というのである。

白楽天から六十年のちの詩人司空図《しくうと》（八三七―九〇八）にも、次のような句がある。

歯落ちて情を傷《いた》ましむること久しく
心に驚く　健忘頻《しき》りなるを

「何と物忘れがはげしくなったのだろう」と、自分でも驚いているのだ。

歯が抜けたとか、目がショボショボするとか、物忘れがひどくなったとかという日常の些事（些事ではないと怒る老人もいるかも知れぬが）を、詩でうたうようになるのは、白楽天の時代、すなわち中唐以後である。

次の宋代になると、はじめに挙げた范成大がそうであるように、多くの詩人が日常の些事を詩にとりあげる。

范成大の友人陸游《りくゆう》（一一二五―一二一〇）も例外ではなかった。
「自ら詒《おく》る」と題する七十五歳の時の詩に、

健忘　閑《かん》に何ぞ害《さまた》げあらん
貪眠《どんみん》　老いに正に宜《よろ》し

また「歳暮」と題する詩にいう。

健忘　偏《ひと》えに養性に宜し

物忘れは健康にいいもんだぞと、開き直っている。陸游先生最晩年、八十三歳の作である。

「学問」という言葉（一）

『枕草子』に次のような一節がある。

さては、古今の歌廿巻を、みなうかべさせたまふを、御学問にはせさせたまへ。

『枕草子』の成立は、紀元千年頃だといわれるから、今から千年も前に、すでに「学問」という言葉が使われていたことがわかる。

いや、使用例はもっとさかのぼることができる。

七九七年に撰進されたという『続日本紀』の天平二年二月の条に、

大学生徒〔中略〕専精学問、以加善誘。

と見える。天平二年といえば、七三〇年である。

中国では、どうか。

最も古い用例の一つは、『孟子』に見える。孟子は紀元前三七二年の生まれ。

孟子以前にも、たとえば五経の一つである『易経』乾《けん》の文言に、

君子は学びてこれを聚《あつ》め、問うてこれを弁ず。

というように、「学」と「問」とを分けて用いた例はある。

また四書の一つ『中庸』（第二十章）に、

博《ひろ》くこれを学び、審《つまび》らかにこれを問う。

というのも同じである。

その後、「学」と「問」とを結びつけた「学問」という語が、前述の如く『孟子』に見え、次のようにいう。

吾、他日（以前には）いまだ嘗て学問せず、好んで馬を馳せ、剣を試みたり。（滕文公《とうぶんこう》上）

学問はせず、スポーツばかりやっていた、というのである。

同じ『孟子』に、

学問の道は他なし。其の放心を求むるのみ。

ともいう（告子上）。

「放心」は、「失われてしまった本心」。人は鶏や犬の姿が見えなくなると捜すのに、心を失っても捜そうとせぬ。それを取り戻す手立てが学問なのだ、ということらしい。

先の学問とスポーツの話はよくわかるが、この条、少しわかりにくい。なぜか。

「学問」という言葉（一）

『論語』の開巻第一頁（学而篇《がくじ》）は、よく知られているように、次の言葉ではじまる。

学ビテ時ニコレヲ習ウ。亦《ま》タ説《よろこ》バシカラズヤ。

このように「学」という文字ではじまり、「学ぶ」ことを主要なテーマとする『論語』に「学問」という言葉が見えないのは、なぜか。

理由は簡単だ。孔子の時代、「学問」という言葉がまだなかったからである。

では「学問」の代りに、どういう言葉が使われていたのか。「文学」である。

ただし「文学」という言葉は、『論語』の中に一度しか見えない。「学問」を意味する「文学」は、当時まだポピュラーな言葉ではなかった。

孔子は、いわゆる孔門十哲と呼ばれる十人の高弟の得意な分野を挙げて、次のように分類する（先進篇）。

徳行ハ顔淵《がんえん》・閔子騫《びんしけん》・冉伯牛《ぜんはくぎゅう》・仲弓、言語ハ宰我・子貢、政事ハ冉有・季路、文学ハ子游《しゆう》・子夏。

この「文学」は、今の文学、すなわちリテラチュアのことではない。「学問」とほぼ同義である。「文字」の形に定着した「学問」といっていいだろう。

ところで前回、「学問」という言葉の最初の使用例として、『孟子』の「学問の道は他なし。其の放心（失われた本心）を求むるのみ」という一条を挙げた。そして、「この条、少しわかりにくい。なぜか」、と疑問を呈しておいた。

ここでいう「学問」は、たぶん「学の蘊奥《うんのう》をきわめる」といった「学問」ではなく、単なる勉強、学習という意味なのだろう。

孟子は、「放心状態から脱出するには、勉強が第一」と言っているのだろう。

杜甫が「最能行」という詩の中で、「小児の学問は論語に止《とど》まる」というのも、「お勉強」というほどの意味で、『枕草子』など日本の古い用例も同様、もともと初歩的な「勉強」を意味する言葉だったようである。

河上家の家系

河上肇博士の長女羽村静子さんが亡くなった。享年九十八歳。

私はかつて『河上肇全集』の編纂に参加した時、江戸末期以後の河上家の系図を作成、『自叙伝』の末尾に付載した。

編集委員の一人としての私の任務は、当初、「詩歌集」と「陸放翁鑑賞」の巻を編集し、校注、解題をつけることだった。ところが途中から、『自叙伝』や日記の校訂、書簡の捜集、編纂の仕事まで手伝うことになった。

そのため河上家の系図を作って、親族一人一人の経歴などを、詳しく調べる必要が生じた。

系図作成の過程でわかって来たことの一つは、河上家には文人、あるいは芸術家の血が色濃く流れていることであった。

博士自身が名文家であり、書画をよくしたことは、周知の事実だが、弟の左京氏はすぐれた水彩画家、日銀理事をつとめた伯父謹一《きんいち》氏は、数々の雄勁な書をのこした漢詩人でもあった。

そしてその二人の子息、大二氏は画家、兼士氏は写真家であった。

羽村静子さんもその血を受け継いで、若い頃から詩歌に深い理解を示し、晩年には大学の日本近代文学ゼミに聴講生として通いつづけ、また長女荻野由紀子さんは専門の歌人として活躍されている。

河上家の系図を作っていてわかったことのもう一つは、河上家には長生きされた方が多いこと、すなわち長寿の家系だということだった。

博士の父君忠《すなお》氏は享年七十九歳、母堂タヅさん八十六歳、伯父謹一氏八十九歳。博士が六十七歳で他界されたのは、牢獄と戦争のためだと言わざるを得ない。

博士の夫人秀さんも八十歳の長寿を保たれ、その長女静子さんが九十八歳。

最晩年は痩軀鶴の如く、足腰が弱られてのベッド生活だったが、姪の鈴木洵《じゅん》子《こ》さんによれば、「頭と口は人一倍達者だった」という。

私は静子さんの死を悼み、「孤鶴凜然として逝く」と題する一文を捧げた（本書一八〇頁）。

朕惟フニ

「朕惟フニ」などと書いても、若い人には何のことか、どう読むのかさえわからないだろう。

明治二十三年（一八九〇年）に発布された「教育勅語」冒頭の言葉。

「朕（チン）惟（オモ）ウニ」と読み、「わたくしが思うのに」という意味である。

私が小学生の頃、式などがあるごとに、白手袋をはめた校長が、黒塗りの箱から巻物を取り出し、うやうやしく読み上げた。

「朕惟ウニ我ガ皇祖皇宗（コーソコーソー）国ヲ肇（ハジ）ムルコト宏遠ニ徳ヲ樹（タ）ツルコト深厚ナリ……」

小学校低学年の子供には、ほとんど何のことかわからない。ただ「御名御璽（ギョメイギョジ）」で終わることは知っていて、ほっとして顔を挙げた。頭を垂れて聞いていなければならなかったのである。

退屈なので、いろいろなことを考えた。天皇はどうして自分のことを「チン」などと言うのだろう。わいせつな（という言葉はまだ知らなかったが）感じがして、おかしかった。

「心ヲ一ニシテ」を「イチニシテ」でなく「イッニシテ」と読ませ、「兄弟」を「ケイテイ」と読ませるのも、ヘンだなと思った。のちに中国文学を専攻するようになってわかったのだが、「イッ」「ケイテイ」はいわゆる漢音で、呉音なら「イチ」「キョウダイ」。

八世紀末、桓武天皇が「今後漢文は漢音で読むべし」という詔勅をくだした。そのため、以後天皇の発する勅語は、漢音で読むことになる。呉音の「キョウダイ」では具合が悪いのである。

だがこの原則、厳密に守られてはいない。「教育勅語」の「徳器ヲ成就シ」は「ジョウジュシ」と読ませているが、漢音なら「セイシュウシ」でなければならぬ。ほかにもミスがあり、天皇家は新たな詔勅を発して訂正すべきであろう。

「朕惟フニ成就マタ漢音モテセイシュウト読ムベシ。ギョメイギョジ」。

七十猶栽樹

前々回、「河上家の家系」と題して、長寿の家系である河上肇博士の親族たちについて紹介した。

明治から大正、昭和の前半にかけて、「人生五十年」と言われていた時代である。八十、九十の長寿を保つのは、稀有なことであった。

しかし例外は日本にだけあったのではない。昔の中国でも、たとえば唐の詩人賀知章《がちしょう》(六五九—七四四)が、

少小にして家を離れ　老大にして回《かえ》る

と、帰郷の詩を作ったのは、八十四歳の時だったという。

同じく唐代の高名な詩人白楽天(七七二—八四六)も、七十五歳まで長生きして亡くなった。彼はその名の通り楽天的な人物だったが、晩年にはさすがに疲れて気弱になったのか、二人の愛妾にヒマを出した、と告白している。

唐の次、宋の時代では、陸游(号は放翁、一一二五—一二一〇)が長寿の詩人としてよく知られ

ている。

放翁　詩　万首
一首　千金に直《あたい》す

とうたわれているように、八十五年の生涯に、一万首のすぐれた詩をのこした。最晩年に至るまで山登りに挑戦するなど、矍鑠《かくしゃく》とした老人だった。

清の袁枚《えんばい》（一七一六—九七）は、『随園食卓』という著書もあるグルメで、また『随園女弟子詩選』なる書を編んだ艶福家でもあった。

「人間としを取れば色気がなくなるというのはウソだ。その証拠に、沈みかけた夕日が、若くて美しい桃の花を照らしているではないか」、という詩を作っている。

袁枚にはまた次のような作品もある。

七十　猶《な》お樹を栽《う》う
傍人　痴《ち》を笑う莫《な》かれ
古来　死有りと雖《いえど》も
好在《こうざい》　先知《せんち》せず

「好在」は、幸いにも。「先知せず」は、あらかじめその時期はわからぬ。

袁枚が他界したのは、樹を植えてから十二年後だった。桃栗三年、柿八年。

蓬門

中国宋代の詩人陸游（号は放翁）に、「曾仲躬《そうちゅうきゅう》過《よぎ》る、適《たま》たま予の出《い》ずるに遇《あ》い、小詩を留《とど》めて去る」と題する七言絶句があり、その起承二句にいう。

地僻元無俗客来
蓬門只欲為君開

「蓬門」は、よもぎを編んで作った粗末な門。隠者の家の門をいう。

この後句に対して、河上肇『陸放翁鑑賞』（一九八二年岩波書店刊『河上肇全集』第二十巻所収）はいう。

「私は少年の頃、この七文字（蓬門の句）が、海浜の山に沿うた親戚の別荘の門に、板に彫られて掲けてあるのを見て、いい句だなあと思つて居たが、今になつてそれは放翁の此の詩から出てゐることを知つた。昔の人はなかなか風流だつたと思ふ」。

河上さんがこの文章を書いたのは、昭和十八年（一九四三年）、数え年六十四歳の時である。そして文中に「少年の頃」というのは、たぶん山口高等中学校に入学した明治二十六年（一八九三年）前後、十三、四歳の頃であろう。

少年の記憶に残っていた詩句の出処を、五十年後に発見した、ということになる。

いくら明治二十年代のことはいえ、十三、四歳の若者が、「蓬門只欲為君開」という七文字を「蓬門只《た》だ君が為《ため》にのみ開かんと欲す」と正確に読み、「昔の人の風流心」を感じ取って、「いい句だなあ」と思ったというのは、さすがに河上少年、と言わざるを得ない。

ところで放翁の二句、実は杜甫の七言律詩「客至る」の頷聯《がんれん》（第三、四句）を踏まえて作られている。

花径不曾縁客掃
蓬門今始為君開

さらに蛇足を加えれば、諸橋轍次『大漢和辞典』の「蓬門」の項を引くと、使用例の一つとして杜甫の右の二句を示すが、詩題を誤って「秦州雑詩」（五言律詩）とする。

この大辞典、よくできた辞書だが、時にこうした誤りもある。

「思う」と「想う」

テレビに出て来ると、なぜかいつもウスラ笑いを浮かべている、K某という政治家がいる。

先般彼は、

国を想い
国を創る
というスローガンで選挙をたたかい、敗北した。
工夫したはずの「想」、「創」という漢字が、かえってよくなかったのか。
国を思い
国を造る
としていれば、選挙に勝てたのか。
そうではあるまい。敗北の原因はほかにあったようである。
ところで「創」と「造」の違いは比較的わかりやすいが、「想」と「思」はどうちがうのか。
手許の辞書で「同訓異義」の所を調べてみると、次のように説明してある。
思　くふう。思案する。また、思いしたう。思慕。なつかしく思う。
想　おもいやる。思いうかべる。
何だか説明過剰で、かえってわかりにくい。
「思」と「想」をそれぞれ含む二字熟語を作ってみた方が、単純明快にニュアンスがつかめるのではないか。
思考　思索
想像　空想

「思」の方が理知的、理性的で、「想」の方は情緒的、情感的なニュアンスがあるように思える。ただし「思」と「想」を組み合わせた「思想」という言葉もあり、両者は共通性、互換性を持つ文字でもあるが、「思」が理知的、「想」が情緒的に傾いて使われる場合が多いのも確かであろう。過去の詩人たちも、「わが思ふ女《ひと》」と書かず、「わが想ふ女《ひと》」と書いて来たように。

さて、だとすれば、政治家が国の事を情緒的に「想って」くれるだけでは、国民は迷惑する。その上、「世の中いろいろ」などと言って、ヘンな社会を「創って」もらっては、たまったものではない。

兵役拒否

トルストイ研究家の北御門二郎《きたみかどじろう》さんが亡くなった。享年九十一歳。七月十八日の『朝日新聞』夕刊は、大略次のように報じている。

一九一三年、(熊本県)水上村の隣町、湯前町の地主の次男として生まれた。旧制五高から東京帝国大(現東京大)英文科に進学。日中戦争開始後、兵役を拒否し、東大を中退して水上村に移り住んだ。

戦後、トルストイの翻訳を始め、『戦争と平和』『アンナ・カレーニナ』『復活』の三部作が七九年、日本翻訳文化賞を受賞した。

「兵役を拒否し」という所が目を惹くが、私が北御門さんの名を知ったのは、二十余年前、『河上肇全集』(岩波書店)の書簡や日記の編集をした時である。

河上日記に北御門さんの名がはじめて見えるのは、河上さんが出獄して五年目、昭和十七年十一月一日。

……滝川博士来訪、熊本在の湯山にてトルストイ主義を奉ぜる北御門氏の農園に出来たるもの持参してくれらる。

ここに「滝川博士」というのは、京大滝川事件で有名な滝川幸辰《ゆきとき》氏。その滝川氏に伴われて北御門さん本人が京都市左京区聖護院中町の河上宅を訪ねるのは、ちょうど一か月後の十二月一日である。

以後このトルストイ主義者とマルクス主義者の交際は、日本敗戦をはさんで、河上さんが亡くなる二か月前までつづく。

北御門宛河上書簡は二十数通のこっているが、その詳細と、北御門さんがどのようにして兵役を拒否したのかを伝える紙幅がないのは、残念である。

いま憲法九条を改定し、日本人が海外で戦う準備が進められている。

若者たちはどのようにして、兵役を拒否するつもりなのか。

逃げるには日本は余りにも狭く、海外は金がかかる。方法は一つ。憲法改定をみんなで拒否することだ。「あわてず、あせらず、あきらめず。」

恵存

人に自分の著書を献呈するとき、中扉などに、

　○○様
　　恵存

と書く。

『広辞苑』によると、「どうかお手元にお置きください」という意味だと書いてある。

しかし「存」の意味はわかるとして、「恵」の方がもう一つわからない。

人から物を送ってもらったときの礼状に、「ご恵投（恵送、恵与）いただき」と書くが、この「恵」と「恵存」の「恵」とは、いささかニュアンスがちがうように思える。

「恵存」という語、わが国最大の漢和辞典である諸橋『大漢和辞典』に見えない。そこで、これはもともと中国製漢語ではないのだろう、と書いている人がいた。しかし『大漢和』にないからといって、そういう断定はできない。

現に中国の『漢語大詞典』に見え、次のように説明する。

敬詞。請保存。多用于贈人照片（写真）、書籍等所題的上款（サイン）。如某某恵存。

「恵存」と同様の献辞として、

〇〇様

大政

と書く場合がある。「大政」といっても、清水次郎長とは無関係である。「政」は「正」と同じで、「批正」「指正」などの謙辞。「斧正《ふせい》」ともいい、「郢政《えいせい》」とも書く。

「郢」は戦国時代の楚の都。その地の名工が人の鼻に塗られて固まった白土を、鼻を傷つけずにきれいに削り取った、という故事にもとづく語。

私は時に「〇〇様挿架」と書くことがある。これは唐の韓愈《かんゆ》の詩「諸葛覚《しょかつかく》の随州に読書に往くを送る」の句、

鄴侯《ぎょうこう》（唐・李泌《りひつ》）家に書多く

架に挿《さ》す　三万軸

などにもとづく語。書架のすみっこにはさんでおいてください、という謙辞。

靴のヒモ

今から五十二年も前の話である。

大学の卒業論文提出の日、私は午後おそくまでかかって、ようやく論文を書き上げた。ひと通り読み返して少し手を入れ、いざ大学へ提出しに行こうとして、ハタと困った。

五十余枚の原稿用紙を綴じるヒモがないのだ。今では考えられぬが、戦後まもなくのことで、極度の窮乏生活を強いられていた私の下宿には、原稿を綴じるしゃれたヒモなどなかった。

私はしばらく考えていたが、フトいいことを思いついた。靴のヒモである。あれで綴じよう。当時はいていた軍隊お下がりの編み上げ靴、旧陸軍では「ヘンジョウカ」、あるいは「ドタ靴」と称していたが、その片方のヒモを抜いて、原稿用紙にあけた穴に通した。

ヒモがなくてブカブカする片方の靴を引きずりながら、私は時間厳守の大学事務室にいきせき切って駆けつけた。すべりこみセーフ。

おかげで私は卒業し、高校教師の職にありつき、大学院にも通いはじめた。大げさに言えば、一本の靴のヒモが私の人生を救ったのである。

この事を突然思い出させたのは、この秋、山陰・北陸地方を襲った台風だった。

新聞報道によれば、京都府舞鶴市で、三十数名の人達が濁流に沈むバスの屋根で一夜を過ごした。そばに立ち木があり、彼らは流されようとするバスを、たまたま流れて来た竹の棒で立ち木につなぎとめた。一人が立ち木にしがみつき、竹をバスと木の間に渡すが、両端を手で握り合うには、寒くて限度がある。そこでもう一人が飛び込んで木まで行き、靴のヒモで竹と木を結びつけた。

水が引いた後、立ち木には靴ヒモでつながれた竹の棒がぶら下がってゆれていた、という。

どこかの球団オーナーではないが、「多寡《たか》が」靴のヒモ、などと言うなかれ。靴のヒモも命綱になることがあるのだ。

VI 雑纂

モーツァルト肖像

杉原四郎著作集推薦文

杉原さんは、文学と芸術を愛する社会科学者である。経済学、経済学説史、経済思想史、書誌学等の緻密で実証的な研究者であるとともに、青年時代から短歌を愛し、俳句を作り、肖像画切手の蒐集家としても知られて来た。

学問と詩の接点は、河上肇と杉原四郎の接点となり、河上肇と詩の接点は、杉原四郎と私の接点となった。詩を解する社会科学者杉原さんの学問が、ここに集大成されたことを悦びたい。

巳年の安井三吉君

安井三吉君は、一九四一年生まれの巳年である。私は、ひとまわり（十二年）上の巳年。二人がともにヘビ年であることに、何か意味があるか。何の意味もない。

丸顔のウマ年の人がいたり、いつもコセコセしているウシ年の人がいるように、干支《えと》とその人の容貌や性格とは、本来無関係である。二人がともにヘビ年だからといって、性格や容貌が似ているわけではない。

しかし作家の夏目漱石が一八六七年（慶応三年）生まれのウサギ年で、経済学者の河上肇が一八七九年（明治十二年）生まれのウサギ年であることに、何の意味もないかというと、そうでもない。

明治以後の素人の漢詩人で、現在、岩波新書にその漢詩作品の注釈が収められているのは、この二人だけである。

もし河上が昭和十四年（一九三九）生まれのウサギ年だったら、そういうことはなかっただろう。もちろん彼らの資質と経歴が、二人のすぐれた漢詩人を生み出したことはたしかだが、ひとまわり違いの年齢差で、明治初期に少年時代を過ごした事実と、右のこととは、全く無関係というわけではない。

安井君と私を、河上肇と漱石に比擬するつもりは毛頭ないが、二人の年齢がひとまわり違いであることは、これまた全く無意味ではない。

中国に革命が起こった年（一九四九年）、わたしは二十歳、安井君は八歳だった。中国革命は、私が中国文学を専攻するという進路の選択に強いインパクトを与えたが、八歳の少年安井三吉は、そのころ何を考えていたのか。まさか将来、中国現代史の研究者になろうとは、思ってもいなかったろう。

一九六〇年、安保闘争の年、私は三十一歳、安井君は十九歳。わたしは京都大学教職員組合の一員として、安井君は東京大学の学生として、安保反対の闘争に参加していた。もちろん全く面識はなかったが、共通の目的で行動していたことになる。

一九六六年に起こった「中国文化大革命」は、日本の中国研究者を毛沢東派と反毛沢東派に二分した。あるいはこれに非毛沢東派を加えて、研究者を三分したといった方がより正確かも知れない。

そのあと、ひきつづいて起こった「大学紛争」は、大学教員や学生を全共闘同調派と、反全共闘、非全共闘に三分した。「文革」と「紛争」とは、連動する面をもっていたのである。

安井君と私は、その時もまだ東京と神戸に、大学院生と大学教員として、東西に離れて暮らしていた。二人は別にしめし合わせたわけでもないのに、ともに反毛沢東、反全共闘であった。当時のある時期、二人は東京と神戸の全共闘のゲバ棒に追いかけられて、生命の危険を感ずるような日々を送っていたのである。

さて、一九七二年、神戸大学教養部の中国史の教授が停年を迎えるので、後任を銓衡《せんこう》することになり、私は人事委員の一人に選ばれた。委員会は私に、すぐれた若手研究者を探して来るように委嘱した。そこで私は、かねてから尊敬していた東京在住の中国史研究者と連絡をとり、三人の若手研究者を紹介してもらった。

私は三人の論文を取り寄せて読み、上京して三人に直接会った。彼等は学問的にも思想的にも、甲乙つけがたいすぐれた研究者であり、私はかなり迷った。しかし結局、「コイツだ」ときめた。それが安井君だったのである。

安井君の業績と人柄を委員会に報告し、全員が論文を熟読検討して採用の結論を出し、教授会に提案、かくて人事はきまった。

その後、今日までの三十余年間、安井君は次々とすぐれた著書や論文を発表し、教職員組合の活動や、地域の文化、啓蒙運動にも積極的に参加して来た。

神戸のヘビが東京のヘビを連れて来たわけだが、獲物を狙うヘビの眼に狂いはなく、巳年の安井君の多方面での活躍は、今後も地道に粘り強く、執念深くつづけられるだろう。

戦場のモーツァルト

先の大戦で、私の長兄はガダルカナル、次兄はビルマで戦死し、三兄は内地で戦病死した。兄たちは、あの東条英機らと共に靖国神社に「合祀《ごうし》」されているらしいが、単純な無神論者である私は、そんなことは信じない。

所用で靖国神社の前を通ることはあるが、鳥居をくぐったことは一度もない。そんな所に兄たちがいるとは、思えないからである。

長兄と次兄が戦死した日は、いわゆる「公報」に書いてあった。しかし戦地から送られて来た骨壺には、石ころが入っていただけであり、日付など信じられない。だがほかに手がかりもないので、その日、戦地からの兄たちのハガキを取り出して、在りし日の姿をしのぶ。

当時私は小学生だったけれども、それぞれに個性的だった兄たちのクセはよく覚えていて、あの時のことこの時のことを、ありありと思い浮かべることができる。

南方に征《ゆ》く前、中国から来た長兄のハガキには、たまたま街でモーツァルトのレコードを見つけ、ひとりで聴いて楽しんでいると書いてあった。

去年も長兄の「命日」、私はモーツァルトのCDを聴いた。そして歳末またふと思いついてモーツァルトを聴きながら、考えた。イラクに派遣される自衛隊員たちが、兄と同じ運命に遭《あ》わないように。

この文章、日本の首相は読むのだろうか。たとえ読んでも、「お国のためだ、我慢しなさい」、と言うのだろうか。

私の忘れ得ぬ一冊――李広田『引力』

『引力』といっても、物理学の本ではない。小説である。作者李広田は、一九三〇年代、中国の文壇に登場した詩人で、『引力』は日本敗戦の年、一九四五年、戦時中の体験をもとに世に問うた、唯一の小説であった（岡崎俊夫訳、岩波新書、一九五二年）。

ヒロイン夢華《モンホア》は、山東省済南の女子師範につとめる教師。夫は大学教員だが、日本軍の侵攻を避けて、他の大学とともに奥地の重慶に疎開していた。

夢華は妊娠中であとに残り、日本軍の占領下で生徒たちと抵抗を試みるが力尽き果て、乳飲み児をかかえて夫の許へと脱出する。

済南での抵抗運動と困難な旅の悲惨な体験が、彼女を思想的に大きく成長させる。夫は重慶から成都へ、さらに昆明へと移動していたのだが、彼女は諦めず、今は「夫のいる自由区」でなく、「夫のいる自由区」への「引力」に惹かれて旅をつづける。

私は五十余年前、この詩人をとりあげて卒業論文を書いたのだが、中国の場合、現代文学も古典の知識なくして深くは理解できぬことを悟り、大学院では古典に転向。ミイラ取りがミイラになってしまった。この小説は私にとって、中国古典への「引力」となった。

私の研究回顧録

私は神戸大学教養部と文学部で中国文学、とくに陶淵明、司馬遷、陸游、河上肇、夏目漱石などの研究と教育に携わってきました。

父親が医者であったため、いったんは旧制高校理科コースへ進んだものの、文学への関心すてがたく、京都大学文学部中国文学科へ進学、吉川幸次郎先生の指導を受けました。

一九五三年卒業時の論文は現代中国文学をテーマに現代詩人をとりあげました。それらの作品には古典の引用が多く、再度現代文学に還るつもりで、古典の研究を始めたところ、古典の魅力に取りつかれてしまい、今に至るも現代文学には還れません。

古典の中でも、とくに、六朝時代の田園詩人、陶淵明と南宋の詩人、陸游への関心は深く、今も「もっと深く読みたい」「もっとよく理解したい」という意欲がまったく減衰していません。

戦後、陸游について書いているのは鈴木虎雄と河上肇の二人だけで、研究しがいもあり多くの発見もありました。陸游は志高くがんこな反面、難しいことをやさしく表現し、死ぬまで暮らした農村の生活や行事をやさしい視線で描写し、生涯に三万首は書いたと言われるうちの後期の約九千二百首が遺されています。

神戸大学退職後も陸游の詩を読む会「読游会」は継続し、河上肇の選んだ約五百首を月一回一首ずつ読み続けています。会員の数はいつの間にか五十名とふくらみ、この分ではあと三十年続くかもしれません。

一方、陶淵明の詩は百二十首しか遺っていませんが、それぞれに奥が深く、わかったと思えるまで勉強したいと思っています。

四十代にいたって河上肇にであい、その鋭い感覚、深い知性には圧倒されました。河上肇を筆頭に夏目漱石や頼山陽など日本の漢詩人に対する興味も尽きていません。

神戸市立中央図書館には、恩師、吉川幸次郎先生の蔵書を収めた吉川文庫があります。私は、今、吉川文庫に日参しながら、先生の言葉「発見がない文章は書くな」を座右の銘として、陸游、陶淵明をさらに深く読み解くべく研究に文筆に勤しんでいます。

書評　石子順『中国映画の明星（女優篇）』

先日私は、古くからの知人に言った。

「石子君はこの頃いい仕事をするようになったね」

わずか六つしか年齢の違わない石子順君に対して、こんな失礼な口がきけるのは、彼が高校での教え子だったからだ。

本書はその「いい仕事」の一つである。石子君は高校卒業後かなり経って再会したら、いつの間にかプロの映画・漫画評論家になっていた。

その後、次々と著書を送って来てくれたが、本書はそれらの中でも、最も内容の充実した労作の一つである（二〇〇三年十月、平凡社）。

石子君にはすでに『中国映画の明星』という同題の著書（二〇〇三年四月、平凡社）があり、これはその続篇（女優篇）である。かなり以前から『日中友好新聞』に連載して来た文章を中心に、これに加筆したものや新たに書きおろしたものを加え、末尾に年表や参考文献のリストを付した、中国女優についての本格的評伝である。

本書が収めるのは、石子君自身の要約によれば、「戦火から生まれた女優于藍《ユイラン》、文化大革命という大動乱からぬけ出した女優劉 暁慶《リュウシャオチン》、大学在学中に映画デビューしたラッキー・ガール鞏俐《コンリー》、香港のアイドル・スターから女優になりきることができた少数派の張曼玉《マギー・チャン》」、この四人の女優の物語であり、「讃歌」である。

四人のうち、最も年長である于藍は一九二一年生まれ、最も若い鞏俐は一九六五年生まれである。従って彼女たちの評伝には、日本の侵略戦争と革命後の中国、とりわけ文化大革命が色濃く影を落としている。

彼女たちの生い立ちと波乱に富んだ人生、映画との関わりやその演技などについて、石子君は極めて冷静に客観的に描写する。しかしその奥には女優たちへの熱い思い入れがあり、そのことは、私もファンの一人である鞏俐との会見記などに、よくあらわれている。

本書はすぐれた人間観察の書でもあり、中国映画をあまり観ない人びとにも、一読を勧めたい。

辛口の祝辞

最初私は『日中友好新聞』の一読者であったが、のちに執筆者となり、現在も執筆者であるとともに、読者でもある。

執筆者としては、読者の批判を甘んじて受けなければならぬが、読者としては、この新聞にいろいろと批判や注文がある。

この新聞は日中友好協会の機関紙だけれども、会員だけの内輪の新聞であってはダメだ。そうならぬようにする幅広い努力は、これまでもされて来たけれども、まだまだ工夫が足らぬというのが、私の最大の批判であり注文である。

私自身は「散歩」というノンキな方法で、今後もお手伝いをしたいと思っている。

それにしても、あの文革の時もよく耐えて発行しつづけ、いま二〇〇〇号。ほんとうに、おめでとう。

民主党を持ち上げる詐欺

今度の総選挙で、大新聞各紙はあたかも二大政党時代が来るようなキャンペーンを張っている。自民党に代って民主党が次のチャンピオンになるように言うこのキャンペーンは、財界の演出だという。仕掛け人は財界だ、というのである。

それは日本資本主義崩壊への危機感、自民党では危ない、しばらく民主党に代らせて、われらが利益を死守せねば、という財界の危機感を示しているのだろう。民主党を日本資本主義の新たな守り手にしようと、「憲法改悪、消費税一〇パーセントにアップ」の党に変質させて、自民党が敗れた場合、この安心安全な党に、財界の希望を託そうとしはじめているのだという。

これまでの苦しみがあまりにもひどかったために、何らかの形での変化を求める国民の気持に、無理はない。しかし変化の先に何があるのか。「民主党」という変化の先には、今と同じの、あるいはもっとひどい苦しみのつづきがある。そのことを、多くの有権者に知ってもらわねばならない。平和と暮らしを本当に守ろうとしているのはどの党か、それを知ってもらわねばならぬのが今度の総選挙である。

「九条」の選挙

六月十日、加藤周一、大江健三郎といった方々が「九条の会」を発足させた。

翌日、私は、京都で加藤先生に会った。お元気だが、八十五歳である。こんなご老体に東奔西走させておいてよいのか、と思った。

中曾根元首相は、今回の選挙で選ばれる議員たちの任期六年の間に、憲法は「改正」されるだろうと言っているそうだ。

今回の選挙の争点の一つ、「憲法」は、いよいよ瀬戸際に立たされている。戦争を体験した老人たち、いま深い危機感をいだいて、国の前途を憂えている老人たちの切なる願いは、

「若者たちよ、今こそ起ち上がれ」。

初出一覧

I　漢詩逍遥

四季の詩――漢詩四方山話　『朝霧』五一巻一号―一二号　二〇〇三・一・一〇―二〇〇三・一二・一〇
漢文教室――超初級編　『兵庫民報』二〇〇二・四・二一―二〇〇三・三・二三
漢詩のパロディ――古代中国から現代日本まで　『日本文学研究』（帝塚山学院大学）第三三号　二〇〇二・二・一
玉碗盛り来たる琥珀の光――酒を讃える詩　『月刊しにか』一三巻七号　二〇〇二・六・一
折り句は楽し　『かんなび』（笠町自治会）六号　二〇〇二・一一・一
中国反戦詩の伝統――古代から「原爆行」まで　『月刊しにか』一四巻六号　二〇〇三・六・一
中国古典詩を読む――七つのハードル　『環』（藤原書店）一四号　二〇〇三・七・二〇
漱石と桂湖村――熊本時代の漢詩　『漱石全集』（第二次刊行、岩波書店）第二〇巻付録「月報」二〇　二〇〇三・一一・五

II　河上肇を語る

マルクス経済学者河上肇と中国古典詩　『中国文芸研究会会報』第二五〇期記念号　二〇〇二・九・二九
なぜ河上肇か　『読游会百回記念文集』（読游会）二〇〇二・一一・一五
河上肇の詩歌における実験　『山口河上肇記念会会報』二六号　二〇〇二・一二・二五

河上会の歴史点描（原題「世話人代表あいさつ」）『河上肇記念会会報』七五号　二〇〇三・一・一五
出獄前後　『河上肇記念会会報』七五号　二〇〇三・一・一五
末川博先生生誕百十周年に寄せて　『河上肇記念会会報』七五号　二〇〇三・一・一五
魯迅兄弟と河上肇　『火鍋子』五八号　二〇〇三・二・二〇
河上会の六年（原題「世話人代表退任のあいさつ」）『河上肇記念会会報』七八号　二〇〇四・一・二〇
紹介　畑田重夫先生（原題「講師紹介」）『河上肇記念会会報』七八号　二〇〇四・一・二〇
河上肇と日本敗戦　『朝日新聞』夕刊「こころの風景」二〇〇四・一・二七
孤鶴凛然として逝く――羽村静子女士への弔辞　『河上肇記念会会報』七九号　二〇〇四・六・一
紀平龍雄追悼文集序文　紀平龍雄『山・詩・夢』二〇〇四・七・一七
幻の書『陸放翁鑑賞』　岩波書店ホームページ　二〇〇四・九

III　**陸游を読む**

陸詩読解瑣語四則　『読游会百回記念文集』（読游会）二〇〇二・一一・一五
『陸游語彙抄』序文　『陸游語彙抄』（読游会十周年記念復刻）二〇〇三・五・一五
読游会十周年記念の会　『読游会十周年記念講演記録』（読游会）二〇〇三・七
読游会　『朝日新聞』夕刊「こころの風景」二〇〇四・一・二八
「一海知義の漢詩道場」出版記念会「報告集」小序　読游会　二〇〇四・八・二一

『漢詩道場』と陸游の詩（原題「開会挨拶」）　『一海知義の漢詩道場』出版記念会報告集（読游会）　二〇〇四・八・二一
『漢詩道場』編者からのメッセージ　岩波書店ホームページ　二〇〇四・三

IV　漢字・漢語

漢字の未来についての予言　『環』（藤原書店）九号　二〇〇二・四
閑人侃侃の語　『機』（藤原書店）一三一号　二〇〇二・一一・一五
書評　白川静『文字講話Ⅰ』『京都民報』二〇〇二・一一・一七
ヒツジ年に思う　『兵庫革新懇』一一〇号　二〇〇三・一・一
「明治維新」という言葉——その出典と語義　『環』（藤原書店）一三号　二〇〇三・五・二〇
榎村陽太郎『略字字典』序文　『略字字典』（新風書房）二〇〇三・一〇・一
東西南北と東南西北——日本と中国の方位　『図書』（岩波書店）六五五号　二〇〇三・一一・一
「胡」という言葉——胡瓜・胡椒・胡弓・胡坐・胡姫　『別冊「環」⑧「オリエント」とは何か』（藤原書店）二〇〇四・六・三〇

V　帰林閑話（九六回—一二二回）『機』（藤原書店）一二九号—一五五号　二〇〇二・九—二〇〇四・一二

VI　雑纂

杉原四郎著作集推薦文（原題「杉原さんとの接点」）　ブックレット『杉原四郎著作集』（藤原書店）　二〇〇二・一一・三〇

巳年の安井三吉君　『安井三吉先生停年退官記念文集』（神戸大学国際文化学部　アジア・太平洋文化論講座）　二〇〇四・三・一〇

戦場のモーツァルト　『朝日新聞』夕刊「こころの風景」　二〇〇四・一・二六

書評　石子順『中国映画の明星（女優篇）』『日中友好新聞』二〇〇三・一一・二五

辛ロの祝辞　『日中友好新聞』二〇〇〇号　二〇〇四・五・五

民主党を持ち上げる詐欺　『風を起こす』（日本共産党兵庫県文化後援会）　二〇〇三・一〇

「九条」の選挙　『風を起こす』（日本共産党兵庫県文化後援会）　二〇〇四・七

著者紹介

一海知義（いっかい・ともよし）

1929年、奈良市生まれ。旧制高校理科コースへ進んだが、文学への思いが募り、京都大学文学部中国文学科に進学、高橋和巳らとともに吉川幸次郎に師事した。53年卒業後は、神戸大学教授、神戸学院大学教授を歴任。現在、神戸大学名誉教授。専攻は中国文学。
著書は幅広く、中国古典詩を扱った『陸游』『陶淵明――虚構の詩人』（岩波書店）『史記』（筑摩書房）や、広く大人にも読まれている『漢詩入門』『漢語の知識』（岩波ジュニア新書）の他、河上肇の漢詩に初めて光を当てた『河上肇詩注』や『河上肇そして中国』（岩波書店）『河上肇と中国の詩人たち』（筑摩書房）など一連の河上肇論でも名高い。軽妙な筆致に中国古典の深遠な素養を滲ませる随筆『読書人漫語』（新評論）『典故の思想』『漱石と河上肇』『詩魔』『閑人侃語』（藤原書店）もファンが多い。近年、陸游の漢詩を毎月一回読む「読游会」の成果が『一海知義の漢詩道場』（岩波書店）に結実したが、『論語』の新しい読み方を提示した名講義録『論語語論』（藤原書店）も好評である。

漢詩《かんし》逍遥《しょうよう》

2006年7月30日　初版第1刷発行©

著者　一海知義
発行者　藤原良雄
発行所　株式会社 藤原書店

〒162-0041　東京都新宿区早稲田鶴巻町523番地
電話　03(5272)0301
FAX　03(5272)0450
振替　00160-4-17013
印刷・製本　中央精版

落丁本・乱丁本はお取替えいたします
定価はカバーに表示してあります
Printed in Japan
ISBN4-89434-529-3

弱者の目線で

弱いから折れないのさ

岡部伊都子

「女として見下されてきた私は、男を見下す不幸からも解放されたい。人権として、自由として、個の存在を大切にしたい」（岡部伊都子）。四〇年近くハンセン病元患者を支援してきた著者が、真の「人間性の解放」を弱者の目線で訴える。

題字・題詞・画＝星野富弘

四六上製　二五六頁　**二四〇〇円**
（二〇〇一年七月刊）◇4-89434-243-X

賀茂川の辺から世界へ

賀茂川日記

岡部伊都子

「人間は、誰しも自分に感動を与えられる瞬間を求めて、いのちを味わわせてもらっているような気がいたします」（岡部伊都子）。京都・賀茂川の辺から、筑豊炭坑の強制労働、婚約者の戦死した沖縄……を想い綴られた連載「賀茂川日記」の他、「こころに響く」十二の文章への思いを綴る連載を収録。

Ａ５変上製　二三二頁　**二〇〇〇円**
（二〇〇二年一月刊）◇4-89434-268-5

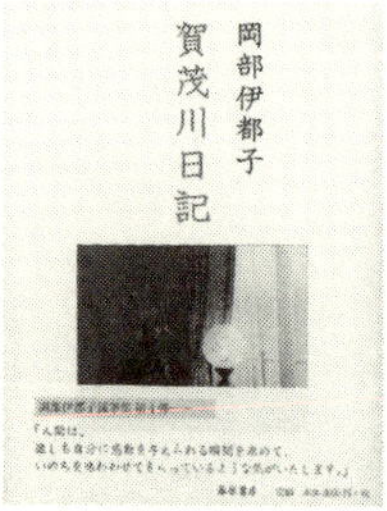

母なる朝鮮

朝鮮母像

岡部伊都子

日本人の侵略と差別を深く悲しみ、日本の美術・文芸に母なる朝鮮を見出す、約半世紀の随筆を集める。

［座談会］井上秀雄・上田正昭・岡部伊都子・林屋辰三郎
［題字］岡本光平
［カバー画］赤松麟作
［扉画］玄順恵　**［跋］朴菖熙**

四六上製　二四〇頁　**二〇〇〇円**
（二〇〇四年五月刊）◇4-89434-390-8

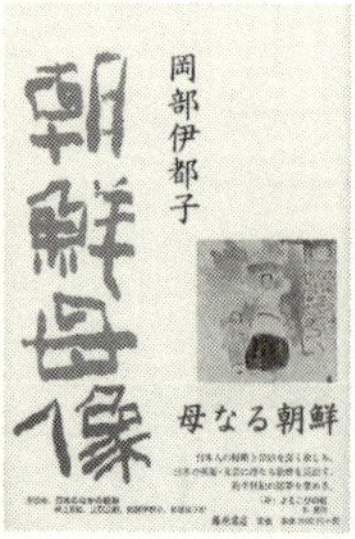

本音で語り尽くす

まごころ

〈哲学者と随筆家の対話〉

鶴見俊輔＋岡部伊都子

〝不良少年〟であり続けることで知的錬磨を重ねてきた哲学者・鶴見俊輔。〝学歴でなく病歴〟の中で思考を深めてきた随筆家・岡部伊都子。歴史と学問の本質を見ぬく眼を養うことの重要性、来るべき社会のありようを、本音で語り尽くす。

Ｂ６変上製　一六八頁　**一五〇〇円**
（二〇〇四年一一月刊）◇4-89434-427-0

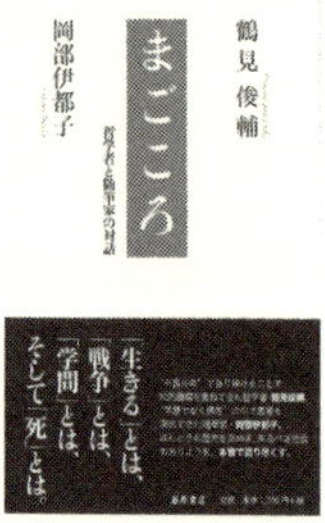

「加害の女」として生きる

岡部伊都子（1923-　）

伝統や美術、自然、歴史などにこまやかな視線を注ぎながら、戦争や沖縄、差別、環境などの問題を鋭く追及する姿勢は、文筆活動を開始してから今も変わることはない。兄と婚約者を戦争へと追いやった「加害の女」としての自覚は、数々の随筆のなかで繰り返し強調され、その力強い主張の原点となっている。

鶴見俊輔氏　おむすびから平和へ、その観察と思索のあとを、随筆集大成をとおして見わたすことができる。

水上　勉氏　一本一本縒った糸を、染め師が糸に吸わせる呼吸のような音の世界である。それを再現される天才というしかない、力のみなぎった文章である。

落合恵子氏　深い許容　と　熱い闘争……／ひとりのうちにすっぽりとおさめて／岡部伊都子さんは　立っている

ともに歩んできた品への慈しみ

思いこもる品々

岡部伊都子

「どんどん戦争が悪化して、美しいものが何も彼も泥いろに変えられていった時、彼との婚約を美しい朱杌で記念したかったのでしょう」（岡部伊都子）。父の優しさに触れた「鋏」、仕事に欠かせない「くずかご」、冬の温もり「火鉢」……等々、身の廻りの品を一つ一つ魂をこめて語る。**［口絵］カラー・モノクロ写真／イラスト九〇枚収録。**

Ａ５変上製　一九二頁　**二八〇〇円**
（二〇〇〇年一二月刊）
◇4-89434-210-3

微妙な色のあわいに届く視線

京色のなかで

岡部伊都子

「微妙の、寂寥の、静けさの色とでも申しましょうか。この『色といえるのかどうか』とおぼつかないほどの抑えた色こそ、まさに『京色』なんです」……微妙な色のあわいに目が届き、みごとに書きわけることのできる数少ない文章家の、四季の着物、食べ物、寺院、み仏、書物などにふれた珠玉の文章を収める。

四六上製　二四〇頁　**一八〇〇円**
（二〇〇一年三月刊）
◇4-89434-226-X

〝言葉〟から『論語』を読み解く

論語語論

一海知義

『論語』の〈論〉〈語〉とは何か？孔子は〈学〉や〈思〉、〈女〉〈神〉をいかに語ったか？　そして〈仁〉とは？　中国古典文学の碩学が、永遠のベストセラー『論語』を、その中の〝言葉〟にこだわって横断的に読み解く。逸話・脱線をふんだんに織り交ぜながら、『論語』の新しい読み方を提示する名講義録。

四六上製　三三六頁　**三〇〇〇円**
（二〇〇五年一二月刊）
◇4-89434-487-4

中国で最も愛読される日本人

甦る河上肇

（近代中国の知の源泉）

三田剛史

毛沢東が、周恩来が、『貧乏物語』を読んでいた！　革命前後の中国で、最も多くその著作が翻訳され、最も知的影響を与えた日本人社会科学者、河上肇。厖大な史料と河上自身の知的ルーツを踏まえて初めて明かされる、河上肇という環を通じた日中間の知的交流の全貌。

Ａ５上製　四八〇頁　**六八〇〇円**
（二〇〇三年一月刊）
◇4-89434-321-5

日中国交正常化三十周年記念出版

時は流れて㊤㊦

（日中関係秘史五十年）

劉　徳有　王　雅丹訳

卓越した日本語力により、毛沢東、周恩来、劉少奇、鄧小平、郭沫若ら中国指導者の通訳として戦後日中関係のハイライトシーン、舞台裏に立ち会ってきた著者が、五十年に亙るその歴史を回顧。戦後日中交流史の第一級史料。

四六上製　**各三八〇〇円**
㊤四七二頁＋口絵八頁　㊦四八〇頁
（二〇〇二年七月刊）
㊤◇4-89434-296-0　㊦◇4-89434-297-9

「人々は銘々自分の詩を生きている」

金時鐘詩集選

境界《きょうがい》の詩

（猪飼野詩集／光州詩片）

【解説対談】鶴見俊輔＋金時鐘

七三年二月を期して消滅した大阪の在日朝鮮人集落「猪飼野」をめぐる連作詩『猪飼野詩集』、八〇年五月の光州事件を悼む激情の詩集『光州詩片』。「詩は人間を描きだすもの」（金時鐘）
〈補〉鏡としての金時鐘（辻井喬）

Ａ５上製　三九二頁　**四六〇〇円**
（二〇〇五年八月刊）
◇4-89434-468-8

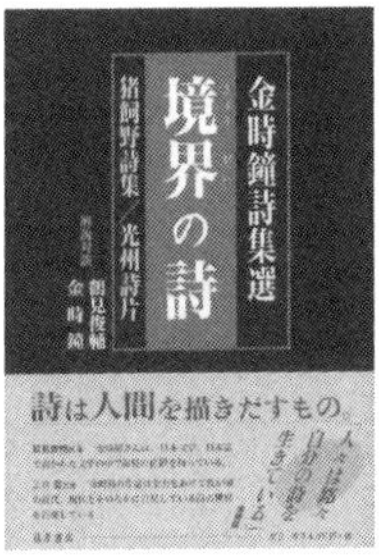

本当の教養とは何か

典故の思想

一海知義

中国文学の碩学が諧謔の精神の神髄を披瀝、「本当の教養とは何か」と問いかける名随筆集。「典故」とは、詩文の中の言葉が拠り所とする古典の故事をいう。中国の古典詩を好み、味わうことを長年の仕事にしてきた著者の「典故の思想」が結んだ大きな結晶。

四六上製　四三二頁　**四〇七八円**
（一九九四年一月刊）
◇4-938661-85-3

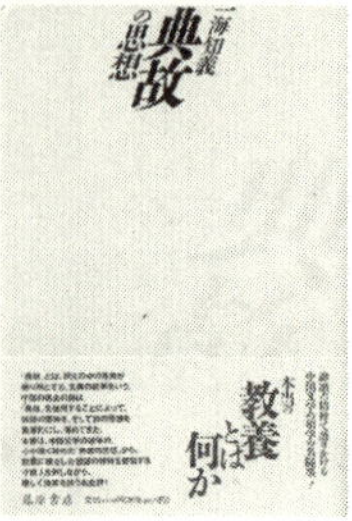

漢詩の思想とは何か

漱石と河上肇 〈日本の二大漢詩人〉

一海知義

「すべての学者は文学者なり。大なる学理は詩の如し」（河上肇）。「自分の思想感情を表現するに最も適当する」手段としてほかならぬ漢詩を選んだ二人。近代日本が生んだ最高の文人と最高の社会科学者がそこで出会う、「漢詩の思想」とは何かを碩学が示す。

四六上製　三〇四頁　**二八〇〇円**
（一九九六年一二月刊）
◇4-89434-056-9

漢詩に魅入られた文人たち

詩魔 〈二十世紀の人間と漢詩〉

一海知義

同時代文学としての漢詩はすでに役目を終えたと考えられているこの二十世紀に、漢詩の魔力に魅入られてその思想形成をなした夏目漱石、河上肇、魯迅らに焦点を当て、「漢詩の思想」をあらためて現代に問う。

四六上製貼函入　三二八頁　**四二〇〇円**
（一九九九年三月刊）
◇4-89434-125-5

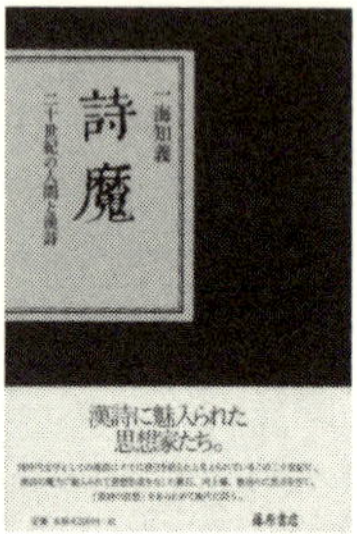

「世捨て人の憎まれ口」

閑人侃語《かんじんかんご》

一海知義

陶淵明、陸放翁から、大津皇子、華岡青洲、内村鑑三、幸徳秋水、そして河上肇まで、漢詩という糸に導かれ、時代を超えて中国・日本を逍遙。ことばの本質に迫る考察から現代社会に鋭く投げかけられる「世捨て人の憎まれ口」。

四六上製　三六八頁　**四二〇〇円**
（二〇〇二年一一月刊）
◇4-89434-312-6

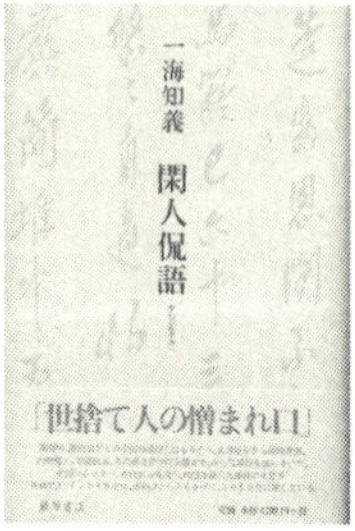